UM MISTÉRIO DA

RAINHA DO CRIME

Publicado originalmente em 1967

AGATHA CHRISTIE

NOITE SEM FIM

· TRADUÇÃO DE ·

Érico Assis

HarperCollins

Rio de Janeiro, 2024

Título original: Endless Night

www.agathachristie.com

Diretora editorial: *Raquel Cozer*

Gerente editorial: *Alice Mello*

Editor: *Ulisses Teixeira*

Coordenação editorial: *Giuliana Alonso*

Copidesque: *Isabela Sampaio*

Revisão: *Paula Di Carvalho* e *Marcela Isensee*

Design gráfico de capa e miolo: *Túlio Cerquize*

Produção de imagens: *Buendía Filmes*

Produção de objetos: *Fernanda Teixeira* e *Yves Moura*

Fotografia: *Vinicius Brum*

Diagramação: *Abreu's System*

CIP-Brasil. Catalogação na Publicação
Sindicato Nacional dos Editores de Livros, RJ

C479n
Christie, Agatha, 1890-1976
Noite sem fim / Agatha Christie; tradução Érico Assis. – 1. ed. – Rio de Janeiro: Harper Collins, 2020.
224 p.

Tradução de: Endless night
ISBN 9788595085480

1. Ficção inglesa. I. Assis, Érico. II. Título.

20-64206 CDD: 823
CDU: 82-3(410.1)

Leandra Felix da Cruz Candido – Bibliotecária – CRB-7/6135

HarperCollins Brasil é uma marca licenciada à Casa dos Livros Editora LTDA.
Todos os direitos reservados à Casa dos Livros Editora LTDA.
Rua da Quitanda, 86, sala 601A — Centro
Rio de Janeiro, RJ — CEP 20091-005
Tel.: (21) 3175-1030
www.harpercollins.com.br

Para Nora Prichard,
de quem ouvi
a lenda do Passo do Cigano
pela primeira vez

Toda Noite, todo Dia
Há quem nasce à Agonia
Todo Dia, toda Noite
Há quem nasce à Alegria
Há quem nasce ao Festim
Há quem nasce à Noite sem Fim

William Blake
Augúrios da inocência

LIVRO

1

Capítulo I

Em meu fim está o meu princípio... Uma frase que já ouvi muito. Parece-me apropriada. Mas o que quer dizer?

Existirá momento específico que se possa apontar e dizer: "Tudo começou naquele dia, a tal hora e tal lugar, com tal acontecimento"?

Teria minha história se iniciado quando percebi a notificação que pendia da parede do pub George & Dragon, anunciando o leilão da "Torres", um terreno valioso, com detalhes quanto à metragem — na verdade, milhas e *furlongs* — e um retrato altamente idealizado da propriedade, tal como talvez tivesse sido no auge, entre oitenta e cem anos atrás?

Eu não estava lá para nada específico, apenas passeava pela rua principal de Kingston Bishop, local de nenhuma importância, matando tempo. Percebi a notificação de leilão. Por quê? O destino cumprindo seu trabalho sujo? Ou apertando minha mão para desejar fortuna? Entenda como melhor lhe aprouver.

Talvez você vá dizer que tudo começou quando conheci Santonix e durante as nossas conversas; é só fechar os olhos que o enxergo: as bochechas rubras, os olhos cintilantes, os movimentos daquela mão forte e ao mesmo tempo delicada, que desenhava e traçava plantas baixas e elevações de casas. Uma casa em particular, uma casa belíssima, uma casa da qual seria maravilhoso ser dono!

Foi ali que brotou meu anseio por uma casa, uma casa bonita e agradável, uma casa pela qual eu nunca poderia fomentar esperanças. Era uma fantasia boba da qual compartilhávamos, a casa que Santonix viria a construir para mim — caso ele perdurasse...

A casa na qual, em meus sonhos, eu residiria com a moça que amava, a casa na qual, tal como um simplório conto de fadas, viveríamos "felizes para sempre". Pura fantasia, puro absurdo, mas foi ela que desatou em mim tal maré de ansiedade. A ansiedade por algo que provavelmente nunca teria.

Ou, caso esta seja uma história de amor — e *é*, juro que é —, por que não começar pela primeira vez que avistei Ellie, em meio aos abetos de madeira negra no Passo do Cigano?

O Passo do Cigano. Sim, quem sabe eu devesse começar por ali, no instante em que dei as costas à notificação, senti um leve estremecer — pois uma nuvem negra encobrira o sol — e fiz a pergunta incauta a um dos locais, que aparava um arbusto em plena indolência.

— Como é esta propriedade, a Torres?

Ainda me lembro da expressão rara daquele homem, que me olhou de soslaio e disse:

— Não é assim que a gente chama aqui, não. Que nome é esse? — Ele bufou em reprovação. — Já tem mais de ano que morou lá a gente que chamava de Torres. — E bufou mais uma vez.

Questionei então como *ele* chamava o local, e novamente os olhos daquele rosto antigo e enrugado desviaram-se de mim, àquele modo peculiar que gente do interior tem de não lhe falar de frente, de olhar por cima do seu ombro ou para quem vem da esquina, por assim dizer, como se vissem algo que você não enxerga.

— Por aqui se chama Passo do Cigano — respondeu.

— Por que chamam assim? — perguntei.

— É um causo que se conta. Não sei direito. Um diz de um jeito, outro de outro. — Ele parou e prosseguiu: — Mas é onde tem os acidentes.

— Acidentes de carro?

— Acidente de tudo que é tipo. Hoje em dia é mais de carro. É um lugarzinho bem ruim, sabe?

— Bem — falei —, aquela curva é mesmo maldosa, entendo que aconteçam acidentes.

— A assembleia botou uma placa de perigo, mas, olha, fez bem nenhum.

— E por que Cigano? — questionei.

Mais uma vez, os olhos dele me abandonaram, e a resposta foi vaga.

— É um causo aí. Dizem que já foi terra dos zíngaros, aí mandaram eles embora e eles botaram a maldição.

Dei uma gargalhada.

— Ah — disse ele. — Pode rir, mas que aquilo lá tem maldição, *tem*. O pessoal sabichão da cidade não sabe. Mas aquilo lá é com certeza amaldiçoado, tem maldição lá. Teve gente que morreu na pedreira quando levou as pedras para construção. Teve a noite que o velho Geordie caiu da beirada e quebrou o pescoço.

— Tinha bebido? — sugeri.

— Pode ser. Gostava do trago, ah, se gostava. Mas tem tanto bêbado que cai, cai feio, e não fica mal. E o Geordie, o Geordie ficou de pescoço quebrado. Foi bem ali — ele apontou para além do morro com um pinheiral —, no Passo do Cigano.

Pois sim, imagino que tenha sido ali que começou. Não que à época eu tenha dado grande atenção. Por acaso me recordei. Nada mais. Penso — isto é, quando penso com alguma clareza — que eu possa ter exagerado alguns detalhes na memória. Não sei se foi antes ou depois que perguntei se ainda havia ciganos naquelas terras. Ele disse que, atualmente, não havia muitos em lugar algum. A polícia sempre os expulsava. Perguntei:

— Por que ninguém gosta de ciganos?

— Bando de ladrão — disse ele, com desagrado. Então se adiantou, se aproximando. — Por acaso o senhor tem sangue cigano? — Ele me perscrutou, olhando sério.

Respondi que, até onde eu sabia, não. Sim, tenho algo de romani na aparência. Talvez seja esse o motivo do meu fascínio pelo nome Passo do Cigano. Pensei comigo mesmo enquanto estava lá, sorrindo para ele, entretido pela nossa conversa, que talvez eu *tivesse* sangue cigano.

O Passo do Cigano. Subi a estrada sinuosa que deixava o vilarejo e acabei entre as árvores negras, por fim chegando ao alto do morro, de onde conseguia avistar o mar e navios. Era uma vista estupenda, que me fez pensar, tal como qualquer um faria: como seria se o Passo do Cigano fosse *meu* passo… E foi assim… Um pensamento absurdo. Quando passei de novo pelo meu colega jardineiro, ele comentou:

— Se o senhor quiser cigano, tem lá Mrs. Lee. O major deu um chalezinho para ela.

— Quem é o major?

Ele respondeu em tom de surpresa:

— O Major Phillpot, oras.

Pareceu muito incomodado por eu precisar perguntar. Entendi que, ali, Major Phillpot era Deus. Imaginei que Mrs. Lee seria uma dependente sua, alguém que ele ajudava. Aparentemente os Phillpot haviam morado lá a vida inteira e, de certo modo, mandavam no local.

Quando desejei bom-dia a meu velho amigo e dei-lhe as costas, ele falou:

— A choupana dela é a última casa da rua. O senhor vai ver ela na frente. Não gosta de casa, de ficar fechada. É o sangue cigano.

Então lá estava eu, descendo aquela rua, assobiando e pensando no Passo do Cigano. Quase me esquecera do que ouvira quando vi uma idosa alta, de cabelos negros, fitando-me do alto de uma cerca viva. Soube de imediato que era Mrs. Lee. Parei para conversarmos.

— Ouvi dizer que a senhora pode me contar sobre o Passo do Cigano — falei.

Ela me fitou por baixo da franja de cabelos negros emaranhados e disse:

— Eu é que não tenho nada a ver com isso, meu rapaz. E me ouça. Pode esquecer esse lugar. O senhor é bem-apessoado. Nada de bom sai do Passo do Cigano nem nunca sairá.

— Eu vi que está à venda.

— Sim, verdade. E tolo é quem comprar.

— E quem vai comprar?

— Tem um empreiteiro interessado. Não só um. Vai sair barato. O senhor vai ver.

— Por que sairia barato? — perguntei, curioso. — É um belo terreno.

Ela não respondeu.

— Se um empreiteiro comprar por preço baixo, será para fazer o quê?

Ela riu consigo. Um riso malicioso, desagradável.

— Derrubar aquela casa decadente e construir, é claro. Vinte, trinta casas, quem sabe. Todas amaldiçoadas.

Ignorei o final da frase. Falei, antes que pudesse me deter:

— Seria uma lástima. Uma grande lástima.

— Ah, não se preocupe, não. *Eles* é que não vão tirar uma alegria dali, nem quem comprar, nem quem botar tijolo e argamassa. Um pé vai escorregar na escada, um caminhão vai bater com a carga, a ardósia vai cair do telhado e achar alvo. E as árvores. Que vão desabar com uma ventania repentina. Você verá! Nada de bom há de vir do Passo do Cigano. Seria melhor deixar como está. Você verá. Você verá. — Ela confirmou com a cabeça, veemente, depois repetiu para si. — *A fortuna não abona quem se mete com o Passo do Cigano.* E nunca abonará.

Dei uma gargalhada. Ela respondeu com rispidez:

— Não ria, meu jovem. O que me vem é que um dia você há de rir com o lado errado da boca. Lá nunca houve fortuna, nem na casa, nem nas terras.

— O que aconteceu na casa? — perguntei. — Por que está vazia há tanto tempo? Por que foi deixada à ruína?

— Os últimos que moraram lá morreram, morreram todos.

— Como? — questionei, por curiosidade.

— Melhor que não se fale disso. Mas depois ninguém se aventurou a ir morar lá. Foi deixada ao mofo e ao declínio. Foi esquecida, e assim é melhor.

— Mas a senhora poderia me contar a história — insisti, tentando ser lisonjeiro. — A senhora sabe de tudo.

— Não faço fofocas sobre o Passo do Cigano. — Então ela deixou a voz virar um gemido de indigente, mas com um toque de falsidade. — Posso prever sua fortuna, rapaz, se assim quiser. Uma prata na minha mão e direi sua sorte. Você é daqueles que chegará longe.

— Não acredito nessas tolices de adivinhação e não tenho pratas. Pelo menos não sobrando.

Ela chegou mais perto e seguiu em tom de adulação.

— *Sixpence. Sixpence.* Eu lhe faço por *sixpence.* Que é o quê? Nadica. Eu lhe faço por *sixpence* porque é um rapaz belo, de lábia, que tem algo a mais. Quem sabe você chega longe.

Pesquei a quantia do bolso, não porque acreditava em superstições e tolices, mas porque, por algum motivo, eu gostava da fraude mesmo quando sabia o que era. Ela pegou a moeda e disse:

— Então me estenda a mão. As duas.

A mulher tomou minhas mãos na garra murcha e olhou para as palmas erguidas. Ficou um ou dois minutos em silêncio, fitando. Então soltou-as de forma abrupta, como se as quisesse longe de si. Deu um passo para trás e falou com grosseria:

— Se o senhor sabe o que é bom para si, que fuja do Passo do Cigano agora mesmo e não volte mais! É o melhor conselho que tenho para dar. Não volte!

— Por quê? Por que não deveria voltar?

— Porque, se voltar, será para aflição, ruína, quiçá perigo. Desgraça, desgraça sinistra espreita o senhor. Esqueça que conheceu este lugar. Estou avisando.

— Ora, mas que…

Mas ela já havia me dado as costas e voltava à choupana. Entrou e bateu a porta. Não sou supersticioso. Acredito na sorte, é claro, pois quem não acredita? Mas não nestas superstições absurdas de casas dilapidadas tomadas de maldições. Ainda assim, eu tinha uma sensação inquietante de que aquela criatura velha e sinistra havia visto *algo* nas minhas mãos. Olhei para as duas palmas abertas à minha frente. O que se via, o que alguém veria nas mãos de alguém? Estas adivinhações eram um absurdo notório — um golpe para arrancar dinheiro ao custo da credulidade alheia. Olhei para o céu. O sol se retirara, o dia mudara. Havia uma sombra, como uma ameaça. Era apenas uma tempestade a caminho, pensei. O vento começou a soprar, mostrando o verso das folhas das árvores. Assobiei para me animar e segui pela rua que atravessava o vilarejo.

Conferi de novo o anúncio sobre o leilão da Torres. Cheguei a anotar a data. Nunca participara de um leilão na vida, mas pensei que neste eu iria. Seria interessante ver quem compraria a Torres. Ou seja, seria interessante ver quem se tornaria proprietário do Passo do Cigano. Sim, creio que tenha sido ali que tudo começou... Ali que tive uma ideia fabulosa. Eu iria e fingiria para mim mesmo ser o homem a dar o lance derradeiro pelo Passo do Cigano! Um lance contra os empreiteiros locais! Eles abandonariam o barco, frustradas suas esperanças de comprar barato. *Eu* seria o comprador, que depois iria a Rudolf Santonix para dizer: “Construa-me uma casa. Comprei estas terras para você.” E encontraria uma moça, uma moça belíssima, e ali viveríamos felizes para sempre.

Eu costumava ter sonhos assim. Naturalmente, em nada rendiam, exceto algum divertimento. Era o que eu pensava, então. Divertimento! Ah, divertimentos! Ah, se eu soubesse!

Capítulo 2

Naquele dia, foi o puro acaso que me levou aos arredores do Passo do Cigano. Eu estava dirigindo um carro alugado, levando gente de Londres para um leilão — não de uma casa, mas de seus pertences. Era em uma mansão nos arrabaldes da cidade, particularmente feia. Meus clientes eram um casal de idade que, pelo que pude ouvir do diálogo, estava interessado em uma coleção de *papier mâché*, seja lá o que fosse isso. A única vez que eu ouvira o termo fora de minha mãe, relacionado a bacias de quarto. Ela dissera que as bacias de *papier mâché* eram muito melhores que as de plástico! Achei estranho gente rica querer ir até ali para comprar uma coleção deste tipo de coisa.

Contudo, armazenei aquele diálogo na mente e pensei em conferir um dicionário ou procurar saber em algum lugar o que seria *papier mâché*. Essa coisa que levaria alguém a alugar um carro, ir até um leilão no interior e dar lances. Gosto de saber das coisas. Na época, eu tinha 22 anos e já tinha acumulado boa dose de conhecimento aqui e ali. Sabia bastante de carros, era hábil na mecânica e um motorista cauteloso. Já havia trabalhado com cavalos na Irlanda. Quase me envolvi com uma gangue de narcóticos, mas fui esperto e dispensei-os a tempo. Ter o emprego de chofer em uma empresa refinada de aluguel de carros não é nada mal. Tira-se um bom dinheiro com as gorjetas. E não tende a ser cansativo, embora o trabalho em si seja um enfado.

Já trabalhei durante um verão na colheita de frutas. Não pagava muito bem, mas eu gostava. Já experimentei muita coisa. Fui garçom em um hotel de terceira, salva-vidas na praia, vendedor de enciclopédias, aspiradores de pó e outras coisas. Já fiz horticultura em jardim botânico e aprendi sobre flores.

Nunca parei em nada. E por que pararia? Achava interessante quase tudo que fazia. Algumas coisas exigiam mais empenho que outras, mas eu não me importava. Não sou em nada indolente. Imagino que o que eu seja é irrequieto. Quero ir a tudo, conhecer tudo, fazer de tudo. Quero *descobrir*. Sim, é isso mesmo. Quero descobrir.

Desde a época em que deixei o colégio, quero descobrir algo, mas ainda não sabia o que viria a ser este algo. Era apenas algo que buscava, de modo vago, sem nunca me satisfazer. Algo que estava *por aí*. Mais cedo ou mais tarde eu saberia. Quem sabe seria uma moça... Gosto das moças, mas até o momento nenhuma das que eu conhecera havia sido importante. Você gosta de uma, mas aí já está ávido por outra. Eram como meus empregos. Por um tempo, tudo bem; aí você se cansa e quer outro, ou, no caso, outra. Eu passava de um para outro, de uma para outra, desde que abandonara os estudos.

Muitos reprovavam meu estilo de vida. Imagino que sejam o que se pode chamar de bem-intencionados. Isto porque não entendiam nada de mim. Queriam que eu me acomodasse com uma moça ajeitada, que tivesse uma poupança, que me casasse e aceitasse um bom emprego fixo. Um dia depois do outro, um ano depois do outro, até o fim do mundo e amém. Comigo não, violão! Tem que haver coisa melhor. Não quero saber desta segurança domesticada, do bom e velho estado de bem-estar arrastando-se a seu modo simplório! Neste mundo onde já se levou satélites ao firmamento e onde homens contam prosa de chegar às estrelas, deve haver *alguma coisa* que atice a sua pessoa, que faça o coração acelerar, que valha a pena procurar pelo mundo inteiro até encontrar! Lembro-me bem de um dia em que caminhava pela Bond Street. Foi durante o período em que trabalhei de garçom, eu estava indo para o serviço. Vinha caminhando e vi sapatos em uma vitrine. Sapatos muito garbosos, ah, se eram. Como dizem nos anúncios de jornal: "*Para o homem arrojado de hoje*", geralmente ao lado da foto do dito arrojado. Misericórdia, que cara de panaca! O que esses anúncios me provocavam era só acessos de riso.

Passei da vitrine dos sapatos à seguinte. Era uma loja de quadros. Havia apenas três na vitrine, dispostos de modo muito requintado, com uma peça de veludo de cor neutra disposta no canto de uma moldura dourada. Efeminado, se é que você me entende. Não sou muito das artes. Certa vez resolvi aparecer, por assim dizer, na National Gallery, apenas por curiosidade. Aquilo me deu nos nervos. Quadros gigantes, de cores vivas, com batalhas em barrancos ou santos emaciados trespassados por flechas. Retratos de damas de sorriso afetado, trajando seda, veludo e renda. Foi ali, naquela hora, que decidi que arte não era para meu gosto. Mas o quadro que então se postava na minha frente era outra história. Havia três na vitrine. Um mostrava uma paisagem, um belo terreno que eu chamaria de cotidiano. Outro era de uma mulher desenhada esquisita, em proporções tão erradas que mal se *via* que era uma mulher. Creio que seja o que chamam de *art nouveau*. Não sei do que se tratava. O terceiro quadro era o meu. Não há muito o que dizer, se é que você me entende. Era... Como vou descrever? Era *simples*. Cheio de espaço vazio e círculos, círculos em expansão, fazendo voltas entre si, se é que se pode descrever assim. Cada círculo de uma cor, cores esquisitas, do tipo que não se espera. Depois, aqui e ali, tracinhos de cor aparentemente sem significado. Mas que, de algum modo, *tinham* significado! Não sou bom com descrições. Só posso dizer que dava uma vontade louca de ficar olhando.

Fiquei ali parado, sentindo como se algo de muito incomum houvesse me acontecido. De repente eu tive vontade de usar aqueles calçados chiques. Levo muito desaforo por conta de meus trajes. Gosto de me vestir bem para causar boa impressão, mas nunca considerei a sério a possibilidade de comprar um par de calçados na Bond Street. Sei dos preços extravagantes que lá se cobram. Quinze libras o par, quem sabe. Dirão que são costurados à mão ou algo assim, o que é um diferencial não sei por quê. Que desperdício de dinheiro. Seria um refino nos calçados, com certeza, mas não se pode pagar tanto por refino. Eu tenho todos os parafusos.

Mas este retrato, *quanto* custaria este retrato?, me perguntei. E se *eu* o comprasse? Você é doido, disse a mim mesmo. Você não é de quadros, de quadro algum. O que era verdade. Mas este quadro eu queria... Gostaria que fosse *meu*. Queria pendurar, sentar e olhar para ele o quanto bem entendesse, sabendo que era *meu*! Eu! Comprando quadros. Parecia-me um disparate. Voltei a olhar para o quadro. Eu querer aquele quadro não fazia sentido e, de qualquer modo, provavelmente não poderia comprar. Na verdade, naquele exato instante eu detinha fundos, pois um cavalo havia me dado sorte. Aquele quadro provavelmente custaria alguns pacotes. Vinte libras? Vinte e cinco? Enfim, perguntar, mal não faria. Ninguém ali iria me morder, correto? Entrei, sentindo-me deveras agressivo na minha defensiva.

Por dentro, o local era muito calmo e solene. Havia uma atmosfera atenuada, paredes de cores neutras e um canapé de veludo no qual se podia sentar para admirar os quadros. Um homem que lembrava o modelo dos anúncios, aqueles dos trajes perfeitos, veio me atender, falando em um tom sussurrado que combinava com o cenário. O engraçado é que ele não aparentava superioridade, como costuma acontecer nestas lojas de alto nível da Bond Street. Ele ouviu o que eu tinha a dizer, tirou o quadro da vitrine e expôs para mim junto a uma parede, segurando-o para que eu olhasse por quanto tempo quisesse. Foi então que me ocorreu — daquele modo que às vezes você sabe exatamente como são as coisas — que as regras aplicadas a quadros não são as mesmas aplicadas ao restante. Uma pessoa pode entrar em um local assim usando roupas velhas e puídas, de camisa esfiapada, e acontecer de ser um milionário que quer fazer acréscimos à coleção. Ou podia entrar com aparência barata e espalhafatosa, talvez como eu, mas de alguma maneira ter tamanha ânsia pelo quadro que conseguira juntar o dinheiro por meio de alguma maracutaia.

— Belíssimo exemplar da obra do artista — disse o homem que segurava o quadro.

— Quanto? — perguntei, ligeiro.

A resposta me arrancou o fôlego.

— Vinte e cinco mil — informou ele, com voz delicada.

Sou bom em manter-me impassível. Não deixo nada transparecer. Ao menos creio que não. Ele complementou com um nome que me soou estrangeiro — creio que o nome do artista — e que acabara de entrar no mercado vindo de uma casa do interior cujos moradores não faziam ideia do que tinham. Mantive a atuação e dei um suspiro.

— É muito dinheiro, mas creio que valha — falei.

Vinte e cinco mil libras. Que piada!

— Sim — concordou ele e suspirou. — De fato. — Ele abaixou o quadro delicadamente e levou-o de volta à vitrine. Olhou para mim e sorriu. — O senhor tem bom gosto — falou.

Senti que, de algum modo, ele e eu nos entendíamos. Agradeci e voltei à Bond Street.

Capítulo 3

Não entendo muito dessa coisa de escrever — digo, no sentido que entende o devido escritor. A parte sobre o quadro que eu vi, por exemplo. Não tem nada a ver com nada. Digo, daquilo nada saiu, não levou a nada e ainda assim creio que seja importante, que tenha lugar em algum ponto. Foi das coisas que aconteceram comigo e que tiveram *significância.* Tal como o Passo do Cigano me foi significante. Tal como Santonix me foi significante.

Ainda não falei muito dele. Era arquiteto. Isto, creio que você já tenha constatado. Arquitetos são outra categoria com a qual nunca tive grande relação, embora conheça algo de obras. Deparei-me com Santonix durante minhas perambulações. Foi enquanto trabalhava de chofer, conduzindo os ricos por aí. Houve uma ou duas vezes em que dirigi no estrangeiro, duas à Alemanha — sei um pouco de alemão —, uma ou duas à França — também arranho o francês — e uma a Portugal. Geralmente pessoas mais velhas, tão ricas em posses quanto pobres em saúde.

Quando se dirige para gente assim, você começa a considerar que dinheiro não é tudo o que dizem. Que há os ataques cardíacos incipientes, os potinhos de comprimidos que se precisa tomar o tempo todo, que se perde a compostura por causa de comida ou do atendimento nos hotéis. A maioria dos ricos que conheci era claramente infeliz. Eles também têm coisas com que se preocupar. Impostos, investimentos. Você os ouve conversando entre si ou com os amigos. Preocupações! É isso que mata a metade. A vida sexual deles também não é tudo isso. Ou eles têm loiras sensuais de pernas compridas que os enganam com namorados por fora ou são casados com mulheres do tipo reclamona, feias como o diabo, que insistem em lhes enxotar. Que nada. Prefiro ser eu mesmo. Michael Rogers, que segue conhecendo o mundo, que se dá bem com uma moça bonita sempre que está a fim!

Claro que é tudo meio ao deus-dará, mas eu aguento. Minha vida era divertida, e eu estava contente em seguir com uma vida divertida. Mas acredito que, de qualquer modo, continuaria deste modo. Esta postura se vai com a juventude. Quando a juventude começa a passar, a diversão deixa de ser divertida.

Por trás disto, creio eu, sempre houve a outra coisa — querer alguém e algo... Contudo, como eu dizia, havia um sujeito que eu costumava levar até a Riviera. Estava construindo uma casa por lá e ia conferir o andamento. Santonix era o arquiteto. Não sei ao certo qual era a nacionalidade de Santonix. De início achei que fosse inglês, embora eu nunca tivesse ouvido um sobrenome tão estranho. Mas não creio que fosse. Escandinavo, quem sabe. Percebi à primeira vista que era adoentado. Era jovem, magro, tinha cabelos claros e um rosto estranho, uma expressão que parecia torta. As duas metades não combinavam. Às vezes ficava bastante irascível com os clientes. É de se pensar que, sendo eles os pagantes, eles é que ficassem com a batuta. Não era o caso. Era Santonix quem os coagia e era Santonix quem estava sempre seguro de si, diferente deles.

Lembro que este sujeito em particular ficou espumando de raiva assim que chegou e viu o andamento da obra. Eu costumava pegar um ou outro rasgo de discussão quando estava por perto, a postos para auxiliar a meu modo choferesco e faz-tudo. Sempre foi fato que Mr. Constantine poderia a qualquer momento sofrer um ataque cardíaco ou um derrame.

— Você não fez o que eu pedi — quase gritou ele. — Você gastou demais. Dinheiro demais, demais. Não foi o que combinamos. Vai custar mais do que eu achava.

— O senhor tem toda razão — disse Santonix. — Mas temos que gastar este dinheiro.

— Mas não gastaremos! Não gastaremos. Você precisa se limitar aos parâmetros que eu determinei. Entendeu?

— Então o senhor não terá a casa que quer — retrucou Santonix. — Eu *sei* o que o senhor quer. A casa que eu construir será a casa que o senhor quer. Tenho absoluta certeza do que digo, tal como o senhor. Não me venha com suas economias chicaneiras de classe média. O senhor quer uma casa de qualidade e *terá*, e poderá gabar-se dela para os amigos, e eles sentirão inveja do senhor. Não construo casas para qualquer um, como já lhe disse. É mais do que o dinheiro. Esta casa não será como a dos outros!

— Será um terror. Um terror.

— Ah, mas não será. O problema aqui é que o *senhor* não sabe o que quer. Ou assim deve pensar. Mas o senhor sabe o que quer, apenas não consegue trazer à mente. Não consegue *enxergar*. Mas *eu sei*. É justamente isto que eu sempre sei. O que as pessoas procuram e o que querem. O senhor tem o ímpeto pela qualidade. Eu *darei* qualidade ao senhor.

Ele era de falar assim. E eu ficava ao lado, só escutando. De um jeito ou de outro, eu via que a casa em construção ali, em meio aos pinheiros, com vista para o mar, não seria uma casa comum. Metade dela não dava vista para o mar ao modo convencional. Era voltada para o continente, até certa curva das montanhas, chegando a ter um vislumbre do céu entre os morros. Era esquisita, incomum e empolgante.

Às vezes Santonix conversava comigo quando eu estava de folga. Ele dizia:

— Só construo casas para quem eu *quero* construir.

— Os ricos, no caso?

— Têm que ser ricos, pois de outra forma não poderiam pagar. Mas não é com o pagamento que me importo. Meus clientes têm que ser ricos porque as casas que faço são das que custam caro. A casa em si não basta, compreende? Ela precisa da ambientação. Que é importante na mesma medida. Tal como um rubi ou uma esmeralda. Uma pedra preciosa não passa de pedra. Não vai mais longe. Isto não quer dizer nada, não tem forma nem significância até obter sua ambientação. E a ambientação precisa de uma joia, uma linda joia, para ser digna. Eu capto a ambientação, se me entende, a partir da paisagem, onde ela existe apenas por direito próprio. Ela não tem sentido até minha casa estar lá, com orgulho, como uma joia ao alcance da mão. — Ele olhou para mim e riu. — Não entende?

— Creio que não — respondi lentamente —, e mesmo assim, de certo modo, creio que entendo…

— Pode ser. — Ele me dirigiu um olhar indiscreto.

Voltamos à Riviera outro dia. A casa já estava quase terminada. Não vou descrevê-la porque não faria jus, mas digamos que tinha algo de especial. Era *belíssima*. Eu via que era. Era uma casa da qual a pessoa podia ter orgulho, orgulho de mostrar aos outros, orgulho quando você mesmo olhava, orgulho de estar ali com a pessoa certa, quem sabe. Então, um dia, Santonix me disse:

— Eu poderia construir uma casa para *você*, sabia? Eu saberia de que tipo de casa você gosta.

Fiz que não com a cabeça.

— Nem eu mesmo sei — falei com sinceridade.

— Talvez não. Mas eu saberia por você. — Depois complementou: — Um milhar de lástimas que você não tenha dinheiro.

— E nunca terei.

— Isso você não pode dizer — retrucou Santonix. — Quem nasce pobre não precisa continuar pobre. O dinheiro é peculiar. Ele vai aonde quer.

— Não tenho tanto estilo.

— Você não tem é ambição. A ambição ainda não despertou em você, mas ela existe, sabia?

— Ah — falei —, um dia, quando eu tiver despertado a ambição e tiver ganhado dinheiro, virei aqui e direi: "Construa-me uma casa."

Ele deu um suspiro e respondeu:

— Mal posso esperar... Não, nem tenho como esperar. Resta-me pouco tempo. Tempo para uma casa, quem sabe duas. Não mais que isso. Ninguém *quer* morrer cedo... Mas às vezes se precisa... Creio que não importe.

— Tenho que despertar logo minha ambição.

— Não — disse Santonix. — Você é saudável, você se diverte, não mude seu estilo de vida.

— Não conseguiria nem se tentasse.

Na época acreditei ser verdade. Gostava do meu estilo de vida, me divertia e nunca havia algo de errado com minha saúde. Já tinha sido motorista de muita gente que fazia dinheiro, que trabalhava duro, que tinha úlceras e tromboses coronárias e várias outras coisas que resultavam de trabalhar muito. Eu não queria trabalho pesado. Dava conta do meu serviço tão bem quanto qualquer outro, mas era isto. E eu não tinha ambição, ou não achava que tinha. Imagino que Santonix tivera ambição. Eu via que projetar casas, construir casas, planejar e desenhar e algo a mais que eu não conseguia entender havia sugado tudo que ele tinha. Já não era um homem forte. Às vezes eu fantasiava que ele estava matando-se antes da hora com o trabalho que tivera em seguir sua ambição. Eu não *queria* trabalhar. Era simples assim. Tinha desconfiança, desgosto pelo trabalho. Achava que era uma coisa ruim que a raça humana infelizmente havia inventado para si.

Eu pensava com frequência em Santonix. Ele me intrigava, praticamente mais do que qualquer outra pessoa. Penso que uma das coisas mais estranhas da vida está no que se lembra. No que se decide lembrar, creio eu. O que se deve optar por lembrar. Santonix e sua casa eram uma dessas coisas, assim como o quadro na Bond Street, a visita àquela casa dilapidada, a Torres, e ouvir a história do Passo do Cigano. Todas coisas que eu decidira lembrar! Às vezes eram moças que conheci, e as viagens a localidades estrangeiras como motorista dos clientes. Os clientes eram todos iguais. Banais. Ficavam sempre no mesmo tipo de hotel e comiam a mesma comida sem imaginação.

Eu ainda tinha aquela sensação peculiar por dentro, de esperar por algo, algo que me seria oferecido, ou que aconteceria comigo, não sei qual a melhor maneira de descrever. Creio que, na verdade, eu estivesse à procura de uma moça, a moça certa — e nisto estou falando de uma moça agradável, apropriada, com quem eu pudesse me acomodar, que é o que minha mãe ou meu tio Joshua ou certos amigos gostariam. Naquela época eu não entendia nada de amor. Só entendia de sexo. Na minha geração, era tudo que se sabia. Creio que conversávamos muito sobre o assunto, ouvíamos muito a respeito, levávamos muito a sério. Não sabíamos — nem meus amigos, nem eu — o que seria de fato quando acontecesse. Estou falando do amor. Éramos jovens, viris, ficávamos de olho nas moças, valorizávamos as curvas, as pernas e os olhares que nos dirigiam, que faziam você pensar: "Será que sim, será que não? Deveria perder meu tempo?" E quanto mais moças você levava, mais se gabava e melhor sujeito achavam-no, e melhor sujeito você se achava.

Eu não tinha noção de que isto não era tudo. Creio que aconteça com toda pessoa, mais cedo ou mais tarde, e que seja repentino. Você não pensa como imagina que vá pensar: "De repente esta seja para mim... É essa a moça que vai ser minha." Não foi o que senti, ao menos. Não sabia que, quando acontecesse, seria tão de repente. Que eu concluiria: "É a esta que eu pertenço. Eu sou *dela*. Eu *pertenço* a ela, totalmente, para todo sempre." Não. Nunca sonhei que seria assim. Não era um daqueles comediantes que dizia... Não era uma das piadas de repertório? "Apaixonei-me uma vez e, olha, se eu sentisse que ia acontecer de novo, fugiria do país." Comigo foi a mesma coisa. Se eu soubesse, ah, se soubesse como seria, *eu* também teria fugido do país! Se fosse esperto, no caso.

Capítulo 4

Não havia esquecido de ir ao leilão.

Faltavam três semanas. Eu tinha mais duas viagens ao continente, uma à França e outra à Alemanha. Foi quando estava em Hamburgo que a situação virou crise. Para começar, tive uma antipatia violenta pelo homem que eu conduzia com a esposa. Representavam tudo o que eu detestava. Eram grosseiros, desatenciosos, de aparência desagradável, e imagino que tenham aflorado em mim a incapacidade de suportar mais daquela vida de servilismo. Mas não se preocupe: fui cauteloso. Achei que não conseguiria suportá-los mais um dia, mas não lhes contei. Não faz bem algum ficar em maus lençóis com a firma que o emprega. Telefonei para o hotel, disse que estava doente e enviei um telegrama a Londres informando o mesmo. Disse que devia ficar em quarentena e que era recomendável enviarem um motorista para substituir-me. Não havia como me culpar. Eles não me davam tanta importância a ponto de fazer mais perguntas, e considerariam apenas que eu estava febril demais para enviar mais notícias. Depois bastaria eu voltar a Londres e passar uma lorota sobre a gravidade da minha situação. Mas achei que não devia. Estava farto de ser motorista.

Aquele momento de rebeldia foi um ponto de virada na minha vida. Por conta disto e de outras coisas, compareci à sala de leilão na data informada.

O adendo “A menos que seja vendida previamente por tratativa em particular” fora colado sobre a placa original. Mas ela ainda estava lá, de modo que não havia sido o caso. Eu estava tão empolgado que mal sabia o que fazia.

Como disse, eu nunca havia participado do leilão de uma propriedade. Estava imbuído da ideia de que seria empolgante, mas não foi. Nem um pouco. Foi uma das performances mais moribundas de que já participei. O procedimento se deu em uma atmosfera penumbrosa, e havia apenas seis ou sete pessoas. O leiloeiro diferia muito dos leiloeiros que eu vira presidir vendas de móveis ou objetos do tipo; homens de vozes chistosas, vigorosos e piadistas. Aquele, com voz de morto-vivo, elogiou a propriedade, descreveu a metragem e outros elementos do tipo e depois passou aos lances com indiferença. Alguém ofereceu cinco mil libras. O leiloeiro esboçou um sorriso cansado, tal como quem ouve uma piada sem graça. Fez algumas observações e recebeu mais propostas. As figuras por ali eram sobretudo do interior. Um homem com cara de fazendeiro, um que eu imaginava ser dos empreiteiros na concorrência, uma dupla de advogados, creio eu, um com aparência de londrino, bem-vestido e profissional. Não sei se chegou a dar um lance, talvez sim. Se deu, foi em silêncio, mais um gesto rápido do que outra coisa. Enfim, os lances se exauriram, o leiloeiro anunciou com voz melancólica que não se alcançara o preço de reserva e tudo acabou.

— Que enfadonho — comentei, enquanto saía, a um dos camaradas de aparência interiorana que estava ao meu lado.

— Ah, o de sempre — disse ele. — Já esteve em muitos?

— Não. Na verdade, é a primeira vez.

— Veio de curioso, é? Não vi o senhor fazer lance nenhum.

— Nada tema — falei. — Só queria ver como ia desenrolar.

— Bom, geralmente é assim. Só querem ver quem se interessa, se me entende.

Olhei para ele com ar questionador.

— Só três ali vieram a sério, vou lhe dizer — disse meu amigo. — Whetherby, de Helminster. O empreiteiro, sabe? Depois, Dakham e Coombe, que deram o lance em nome de uma firma de Liverpool, pelo que sei, e um azarão de Londres também, diria que advogado. Claro que deve haver outros, mas esses me parecem os principais. Vai sair barato. É o que todo mundo diz.

— Por conta da reputação do local?

— Ah, então o senhor ouviu falar do Passo do Cigano, é? É como o povo da roça chama. A assembleia já deveria ter mexido nessa estrada há séculos. É uma armadilha.

— Mas o local *tem* má reputação?

— Eu lhe garanto que não passa de superstição. Enfim, como ia dizendo, os negócios de verdade são os que vão acontecer nos bastidores, se é que me entende. Eles vão fazer propostas. Eu apostaria que quem vai ficar é o povo de Liverpool. Não creio que Whetherby vá dar um lance alto. Ele gosta de pagar pouco. Hoje em dia há muita propriedade que entra no mercado para investimento. Afinal, não é tanta gente assim que tem como pagar pelo lote, derrubar a casa existente e botar outra em cima, não é mesmo?

— Me parece que hoje em dia não é muito comum — falei.

— Muito difícil. Com os impostos, mais isso, mais aquilo. Fora que não se consegue criadagem no interior. Não, hoje em dia as pessoas preferem pagar as turras por um apartamento de luxo na cidade, no décimo-sexto andar do prédio modernoso. A casa grande e incômoda no campo se arrasta no mercado.

— Mas é possível construir uma casa moderna — argumentei. — Que poupe serviço.

— *É possível*, mas custa caro e as pessoas não gostam de viver sozinhas.

— Há quem goste.

Ele riu e cada um seguiu seu rumo. Eu caminhava de rosto franzido, intrigado comigo mesmo. Meus pés me conduziram sem que eu notasse aonde ia, fazendo o caminho entre os pinheiros, subindo e subindo até a estrada sinuosa que passava por entre as árvores e dava na charneca.

E foi assim que cheguei ao ponto da estrada onde vi Ellie pela primeira vez. Como disse, ela estava parada ao lado de um abeto e tinha um olhar, se é que consigo explicar, de alguém que não estivera ali até um momento antes, mas acabara de se materializar, que acabara, por assim dizer, de sair de dentro de uma árvore. Ela vestia uma espécie de *tweed* verde-escuro, seu cabelo era do castanho suave de uma folha de outono, e havia algo nela de insólito. Eu a vi e parei. Ela olhava para mim, os lábios entreabertos, a expressão levemente assustada. Imagino que eu também parecia assustado. Queria dizer algo e não sabia bem o quê. Então falei:

— Desculpe. E-eu não quis assustá-la. Não sabia que havia alguém aqui.

Quando ela respondeu, sua voz era tão suave e delicada quanto a de uma menina, mas sem ser exatamente infantil.

— Está tudo bem. Quer dizer, também não sabia que haveria alguém aqui. — Ela olhou em volta e voltou a falar: — É um... é um local bastante desabitado. — E ela teve um leve calafrio.

Um vento gelado de fato soprava naquela tarde. Mas talvez não fosse o vento. Não sei. Aproximei-me um ou dois passos.

— Lugar meio assustador, não acha? — comentei. — Digo, com esta casa, no desmazelo que está.

— A Torres — disse ela, contemplativa. — Era este o nome, não era? Contudo, parece não haver torre alguma.

— Creio que era apenas um nome. As pessoas batizam suas casas com nomes como "Torres" para que pareçam mais grandiosas do que são.

Ela riu, mas foi um riso breve.

— Creio que seja verdade — concordou ela. — É este... Talvez você saiba, não tenho certeza... É este lugar que vão vender ou leiloar?

— Sim — respondi. — Acabo de vir do leilão.

— Ah. — Ela pareceu assustada. — Você foi... Você está... interessado?

— Não é provável que eu venha a comprar uma casa acabada com milhares de hectares de mata silvestre — falei. — Não sou deste nível.

— E foi vendida?

— Não, não atingiu a reserva.

— Ah. Entendo. — Ela pareceu aliviada.

— Você não queria comprar, queria? — perguntei.

— Ah, não, é claro que não. — Ela deixou transparecer nervosismo na resposta.

Hesitei, então desatei as palavras que me vieram aos lábios.

— Estou fingindo — confessei. — É claro que não posso comprá-la, pois não tenho dinheiro, mas tenho interesse, sim. *Gostaria* de comprá-la. *Quero* comprá-la. Pode abrir a boca e rir de mim se quiser, mas é o que é.

— Mas não é decrépita demais...?

— Ah, sim. Não quis dizer que a quero como *está.* Quero derrubar tudo e levar embora. A construção é feia e suspeito que tenha sido uma casa triste. Mas este *lugar* não é nem feio, nem triste. É lindo. Veja só. Venha aqui mais um pouco, além das árvores. Olhe a vista que se tem para lá, quando chega aos morros e ao charco. Viu? É só abrir um mirante *aqui*... Aí você vem por aqui...

Eu a tomei pelo braço e levei a outro ponto na bússola. Se nosso comportamento fugia ao convencional, ela não notou. Enfim, eu não a segurei daquele modo. Queria lhe mostrar o que via.

— Aqui — falei —, aqui se vê onde desce até o mar, onde as rochas apontam para *lá.* Há uma cidade entre nós e lá, mas não conseguimos enxergar porque os morros se salientam pela encosta abaixo. E depois há uma terceira vista, que dá para um vale levemente arborizado. Agora você vê que, se derrubassem umas árvores e criassem lindos panoramas, se limpassem as terras em torno da casa, você percebe que casa linda se teria *bem aqui*? Não haveria necessidade de situá-la no mesmo lugar da antiga. Bastava avançar cinquenta ou cem metros para a direita, aqui. Ali se poderia ter uma casa, uma casa linda. Uma casa construída por um arquiteto genial.

— Conhece algum arquiteto genial? — Ela soou duvidosa.

— Conheço um.

Então comecei a lhe contar de Santonix. Sentamos lado a lado em um tronco caído e conversamos. Sim, conversei com aquela moça silvestre e esguia que eu nunca vira na vida e investi tudo o que tinha no que lhe contei. Contei do sonho que se podia construir.

— Não vai acontecer — concluí. — Sei que não. Não há como. Mas pense. Pense tal como estou pensando. Ali derrubaríamos árvores e ali abriríamos espaço, plantaríamos o que fosse, rododendros e azaleias, e meu amigo Santonix viria aqui. Ele tossiria muito, pois creio que esteja morrendo de tuberculose ou do que for, mas construiria. Conseguiria construir antes de falecer. Faria a mais bela das casas. Você não sabe como são as casas dele. Ele as constrói para os mais ricos, e têm que ser pessoas que queiram a casa certa. Não falo certa no sentido convencional. Coisas que querem aqueles que desejam um sonho que vire realidade. Algo maravilhoso.

— Eu gostaria de uma casa dessas — disse Ellie. — Você me fez enxergar, sentir... Sim, seria um belo lugar para se morar. Todos os sonhos tornados realidade. Um lugar para se viver e ser livre, sem estorvos, sem o encosto de quem o obriga a fazer tudo que não quer, que não o deixa fazer tudo que quer. Ah, estou tão cansada da minha vida e das pessoas à minha volta, de *tudo*!

Foi assim que começamos, Ellie e eu. Eu com meus sonhos e ela com sua revolta contra a vida. Paramos de conversar e nos olhamos.

— Como você se chama? — perguntou ela.

— Mike Rogers — respondi. — Michael Rogers — corrigi. — E você?

— Fenella. — Ela hesitou antes de completar, fitando-me com uma expressão consternada: — Fenella Goodman.

Aquilo não nos levou muito além, mas continuamos olhando um para o outro. Ambos queríamos voltar a nos ver — mas no momento não sabíamos como tomar tal providência.

Capítulo 5

Bem, foi assim que começamos, Ellie e eu. O prosseguimento não foi tão rápido, pois ambos tínhamos nossos segredos. Um tinha algo a esconder do outro, por isso não podíamos contar muito a nosso respeito, o que a cada vez acabava nos levando, por assim dizer, a bater em uma espécie de barreira. Não podíamos abrir a situação e perguntar: "Quando nos reencontraremos? Onde vou encontrar você? Onde você mora?" Pois veja que, quando se faz esta pergunta à pessoa, ela espera que você também responda.

Fenella pareceu apreensiva quando me deu seu nome. Tanto que, por um instante, pensei que talvez não fosse seu nome real. Cheguei perto de imaginar que ela o inventara! Mas claro que eu sabia que era impossível. Eu dera meu nome real.

Não sabíamos ao certo como nos despedirmos naquele dia. Foi embaraçoso. Estava frio e queríamos tomar distância da Torres. Mas e depois? Desajeitado, falei:

— Você está hospedada por aqui?

Ela disse que estava em Market Chadwell. Era uma pequena cidade-mercado, não muito longe dali. Eu sabia que tinha um hotel grande, de três estrelas. Imaginei que estaria hospedada lá. Também com um pouco do embaraço, ela perguntou:

— Você mora aqui?

— Não, não moro aqui. Só vim passar o dia.

Então abateu-se um silêncio muito desconfortável. Ela sentiu um leve calafrio. Era um vento gelado que começava a se armar.

— É melhor caminharmos — sugeri — para nos aquecer. Você... você tem carro, ou vai de ônibus, de trem?

Ela respondeu que havia deixado o carro no vilarejo.

— Mas ficarei bem — garantiu ela.

Parecia-me um pouco nervosa. Achei que talvez quisesse livrar-se de mim mas não sabia como. Sugeri:

— Quem sabe vamos caminhando juntos até o vilarejo?

Ela me dirigiu um breve olhar agradecido. Caminhamos lentamente pela estrada sinuosa, aquela na qual ocorriam tantos acidentes. Ao fazermos uma curva, uma figura surgiu de repente do abrigo de um abeto. Ela veio tão repentina que Ellie deu um salto e exclamou "Ah!". Era a velha que eu vira outro dia no jardim de sua choupana. Mrs. Lee. Hoje estava muito mais desgrenhada, com os cabelos negros despenteados soprando ao vento e um manto escarlate sobre os ombros; a postura dominante que assumiu a fez parecer mais alta.

— O que fazem por aqui, meus queridos? — questionou. — O que os traz ao Passo do Cigano?

— Ah — disse Ellie —, não estamos invadindo propriedade, estamos?

— É possível que sim. Esta terra era de ciganos. Era dos ciganos, e nos escorraçaram. Aqui vocês não terão nada de bom, e nada de bom virá a quem ronda o Passo do Cigano.

Não havia rixa com Ellie, ela não era deste tipo. Respondeu com delicadeza e educação:

— Sinto muitíssimo caso não devêssemos estar aqui. Achei que o local seria vendido hoje.

— E o azar há de se abater a quem o comprar! — declarou a velha. — Ouça, minha bonitinha, pois é bela de fato, o azar vai se abater a quem o comprar. Há uma maldição nestas terras, uma maldição preparada há muito tempo, há muitos anos. Mantenham distância. Não tenham nada com o Passo do Cigano. A morte ele há de trazer, assim como perigos. Volte para sua casa do outro lado do mar e não retorne ao Passo do Cigano. Não digam que não avisei.

— Não estamos fazendo mal algum.

— Ora, Mrs. Lee — falei —, não assuste a senhorita.

Virei-me para explicar a Ellie.

— Mrs. Lee reside no vilarejo. Ela tem uma choupana por lá. Lê a sorte e prevê o futuro. Tudo isto, não é, Mrs. Lee? — concluí de modo jocoso.

— Tenho o dom — respondeu ela apenas, deixando sua figura ciganesca ainda mais ereta. — Tenho o dom. Nasceu comigo. Todos temos. Posso dizer sua sorte, senhorita. Prata na minha palma e lhe direi sua sorte.

— Creio que não quero que digam minha sorte.

— Seria o mais salutar. Saber do futuro. Saber o que evitar, o que lhe advirá caso não se cuide. Vamos, tem dinheiro de sobra no seu bolso. Dinheiro de sobra. Sei de coisas que seria salutar saber, da sua parte.

Creio que a ânsia por saber a sorte seja quase invariável nas mulheres. Já notei com moças que conheci. Quase sempre precisava pagar para elas irem às tendas das adivinhas se as levava a uma feira. Ellie abriu a bolsa e depositou duas meia-coroas na mão da idosa.

— Ah, minha bela, agora sim. Você ouvirá o que Mãe Lee tem para lhe contar.

Ellie puxou a luva e deitou a palma pequena e delicada na mão da idosa. A vidente olhou para a mão e começou a resmungar.

— O que vejo? O que estou vendo?

De repente, abrupta, ela soltou a mão de Ellie.

— Se fosse você, eu fugiria daqui. Vá e não volte! É o que acabo de dizer, e é verdade. Vi de novo na palma da sua mão. Esqueça o Passo do Cigano, esqueça que já o conheceu. E não é só a casa dilapidada, as próprias terras que são amaldiçoadas.

— A senhora está obcecada — falei, com tom grosseiro. — E, de qualquer modo, a senhorita não tem relação alguma com estas terras. Ela só veio para dar uma caminhada e não tem relações com a vizinhança.

A velha não me deu atenção. Retrucou, azeda:

— Estou lhe dizendo, minha bonitinha. Estou alertando-a. Você pode ter uma vida feliz, mas precisa evitar riscos. Não vá a lugares onde há risco ou maldições. Fuja para onde é amada, onde cuidem de você e onde seja benquista. Você tem que se manter a salvo. Lembre-se. Se não… se não… — Ela estremeceu brevemente. — Não gosto, não gosto de enxergar o que se vê na sua mão.

De repente, com um gesto ligeiro e afetado, ela devolveu as duas meia-coroas à mão de Ellie, resmungando algo que mal pudemos ouvir. Algo como "Crueldade. O que vai acontecer é uma crueldade". Então virou-se e partiu a passos rápidos.

— Mas que… que mulher apavorante — comentou Ellie.

— Não lhe dê atenção — falei, ríspido. — Acho que ela está um pouco lelé. Só quer afugentá-la daqui. Creio que eles tenham uma relação estranha com estas terras em específico.

— Houve acidentes aqui? Aconteceram coisas ruins?

— É provável que acidentes aconteçam. Veja como é aquela curva e como a estrada é estreita. A assembleia municipal deveria ser fuzilada por não fazer nada. É claro que há acidentes. Não há nem placas para alertar.

— Só acidentes… ou outras coisas?

— Veja bem. As pessoas gostam de colecionar desastres. Sempre há desastres de sobra. É assim que surgem boatos sobre um lugar.

— É um dos motivos pelos quais dizem que esta propriedade sairá barata?

— Bom, imagino que sim. Para o local, no caso. Mas não creio que será vendida para os locais. Creio que será comprada para investimento. Você está tremendo de frio — comentei. — Não trema. Vamos lá, caminhamos mais depressa. Prefere que eu a deixe a sós antes de voltar à cidade?

— Não. É claro que não. Por que desejaria?

Resolvi precipitar-me.

— Pois veja — falei —, estarei por Market Chadwell amanhã. E-eu imagino... não sei se você ainda estará lá... Quer dizer, haveria alguma chance de... revê-la? — Arrastei os pés e inclinei a cabeça para o lado. Creio que tenha mostrado um rubor. Mas se eu não dissesse nada *nesse momento*, como daria sequência?

— Ah, sim — respondeu ela —, não devo voltar a Londres antes do anoitecer.

— Então quem sabe... Você gostaria... Quer dizer, imagino que seja muita impertinência...

— Não, não é.

— Bom, quem sabe se você viesse para tomar um chá em uma cafeteria... Creio que se chama Blue Dog. É muito bonita. É uma, hã, é... — Eu não conseguia encontrar o termo que queria e usei um que minha mãe dizia de vez em quando — ... é bastante própria para damas — concluí, nervoso.

Ellie riu. Creio que hoje em dia soe muito despropositado.

— Estou certa de que será ótima — comentou. — Sim. Eu vou. Por volta das 16h30, está bem?

— Estarei aguardando. F-fico contente. — Não disse com o quê.

Havíamos chegado à última curva da estrada, onde começavam as casas.

— Então, adeus — falei —, até amanhã. E... não pense no que disse a bruxa velha. A meu ver, ela só gosta de assustar os outros. Não está bem da cabeça.

— Você acha este lugar assustador?

— O Passo do Cigano? Não, não acho — respondi, com uma convicção levemente exagerada, mas verdadeira: não considerava o local assustador. Continuava achando o mesmo que antes: que era um local belo, uma bela paisagem para uma bela casa...

Bom, assim se deu meu primeiro encontro com Ellie. No dia seguinte eu estava em Market Chadwell, aguardando-a no Blue Dog, e ela chegou. Tomamos chá e conversamos.

Ainda não falamos muito um do outro, não de nossas vidas, quero dizer. Conversamos principalmente sobre o que pensávamos e sentíamos; até que Ellie voltou-se para o relógio de pulso e disse que precisava ir, pois seu trem para Londres partia às 17h30...

— Achei que tivesse um carro — comentei.

Ela pareceu um pouco envergonhada e respondeu que não, não, que no dia anterior o carro não era dela. Não disse de quem era. A sombra do embaraço pairou de novo sobre nós. Ergui um dedo à garçonete, paguei a conta e perguntei a Ellie:

— Eu... eu voltarei a vê-la?

Ela não olhou para mim, mas para a mesa. Disse:

— Estarei em Londres por outra quinzena.

— Onde? Como?

Combinamos de nos encontrar no Regent's Park em três dias. Foi um belo dia. Almoçamos no restaurante ao ar livre e caminhamos pelo Queen Mary's Gardens, sentamos em espreguiçadeiras e conversamos. Dali em diante, começamos a falar de nós. Tive boa instrução, como já contei, mas no geral não conquistei muito na vida. Contei dos empregos que tivera, pelo menos de alguns, de como nunca me prendera a nada e como sempre fora incansável, vagando a experimentar isto e aquilo. Curiosamente, ela ficou enlevada enquanto ouvia.

— Tão diferente — observou ela —, maravilhoso de tão diferente.

— Diferente do quê?

— De mim.

— Você é rica? — perguntei, para provocá-la. — A pobre menina rica?

— Sim. Sou uma pobre menina rica.

Então começou a falar sem muitos detalhes sobre sua criação em berço de ouro, de aconchego sufocante, de tédio, de não poder escolher os próprios amigos, de nunca fazer o que queria. De às vezes observar as pessoas que pareciam estar gozando a vida, enquanto ela não. A mãe morrera quando ela era bebê e o pai casara-se de novo. Então, não muitos anos depois, ele morrera. Entendi que não tinha grande paixão pela madrasta. Ela havia morado sobretudo nos Estados Unidos, mas viajava ao exterior com frequência.

A mim soou fantástico ouvir que uma moça, nestes tempos, nesta época, pudesse ter uma existência tão confinada, tão resguardada. Sim, ela frequentava festas e outros divertimentos, mas do jeito que falava parecia que isso acontecera há cinquenta anos. Parecia não haver intimidade alguma, *diversão* alguma! A vida dela era tão diferente da minha, como água e vinho. É evidente que era fascinante ouvir, mas também me deixava paralisado.

— Então você não tem amigos que sejam apenas seus? — falei, incrédulo. — E namorados?

— Foram escolhidos para mim — contou ela, com bastante amargura. — E eram enfadonhos até a morte.

— É como ser uma presidiária.

— É o que parece.

— Mas, falando sério, nenhuma amizade?

— Agora, sim. Tenho Greta.

— Quem é Greta?

— Ela chegou como *au pair*... Não, não exatamente. Mas, enfim, houve uma moça francesa que morou conosco durante um ano, para ensinar francês, depois Greta veio da Alemanha para o alemão. Greta é diferente. Tudo ficou diferente assim que Greta chegou.

— Vocês são muito afeiçoadas? — perguntei.

— Ela me ajuda — explicou Ellie. — Fica do meu lado. Prepara tudo para que eu possa fazer o que quiser ou viajar. Ela mente por mim. Eu não teria como vir ao Passo do Cigano se não fosse por Greta. Ela me faz companhia e cuida de mim em Londres enquanto minha madrasta está em Paris. Deixo duas, três cartas preparadas e, se viajo para algum lugar, Greta as envia a cada três ou quatro dias para terem um carimbo de Londres.

— Mas por que você quis ir ao Passo do Cigano? — perguntei. — Para quê?

Ela não respondeu de imediato.

— Greta e eu combinamos tudo — falou. — Ela é maravilhosa. Ela que pensa nas coisas, entende? Dá ideias.

— Como é esta Greta?

— Ah, Greta é linda. Alta, loira. Sabe fazer de tudo.

— Não sei se eu gostaria dela — comentei.

Ellie riu.

— Ah, sim, gostaria sim. Tenho certeza de que sim. É muito inteligente também.

— Não gosto de moças inteligentes — falei. — E não gosto de loiras altas. Gosto de baixinhas com cabelos da cor do outono.

— Acho que está com ciúmes de Greta.

— Talvez esteja. Você é muito afeiçoada a ela, não é?

— Sim, sou *muito* afeiçoada. Ela fez toda a diferença na minha vida.

— E foi ela quem sugeriu que você fosse até lá. Por que será? Não há muito o que se fazer naquelas partes do mundo. Penso que é um lugar muito misterioso.

— É o nosso segredo — disse Ellie, parecendo envergonhada.

— Seu e de Greta? Conte-me.

Ela fez que não com a cabeça e respondeu:

— *Alguns* segredos eu tenho que guardar.

— Esta Greta sabe que você veio me encontrar?

— Ela sabe que vim me encontrar com uma pessoa. Só isso. Ela não faz perguntas. Sabe quando estou feliz.

Depois disto, não vi Ellie durante uma semana. Sua madrasta havia voltado de Paris com alguém que ela chamava de tio Frank. Ela explicou de modo quase casual que aconteceria uma festa de aniversário, que dariam uma grande festa para ela em Londres.

— Não tenho como me livrar — explicou ela. — Não durante a semana. Mas depois... depois, será diferente.

— Por que depois será diferente?

— Depois poderei fazer o que quiser.

— Com a ajuda de Greta, como sempre?

Ellie costumava rir do jeito que eu falava de Greta. Ela dizia: "Você é tão bobo de ter ciúmes dela. Um dia vocês têm que se conhecer. Você vai gostar de Greta."

— Não gosto de mandonas — comentei, com teimosia.

— Por que você acha que ela é mandona?

— Pelo jeito como você fala. Ela está sempre às voltas com alguma coisa.

— Ela é muito eficiente — disse Ellie. — Prepara tudo muito bem. Por isso minha madrasta depende tanto dela.

Perguntei como era seu tio Frank.

— Eu não o conheço tão bem — respondeu. — Ele era marido da irmã de meu pai, o parentesco não é direto. Acho que sempre foi sem rumo e se encrencou uma ou duas vezes. Sabe quando falam de uma pessoa e dão algumas insinuações?

— Ele não é aceito socialmente? Gente ruim?

— Ah, nada de podre, imagino, mas creio que já teve suas complicações. Das financeiras. E aí vinham interventores e advogados e gente para livrá-lo. Quitar o que ele devia.

— Aí está. É a ovelha negra da família. Creio que eu me relacionaria melhor com ele do que com a tal da Greta ideal.

— Ele é deveras agradável quando quer — disse Ellie. — É bom companheiro.

— Mas você não gosta dele? — perguntei, sem rodeios.

— Creio que goste... É que, às vezes, ah, não sei explicar. Sinto que não sei o que ele está pensando ou planejando.

— É dos que planejam, então?

— Eu não sei o que ele é — repetiu Ellie.

Ela nunca sugeriu que eu deveria conhecer sua família. Às vezes eu me perguntava se seria bom falar algo a respeito. Não sei o que ela pensava do assunto. Enfim a questionei diretamente.

— Veja bem, Ellie. Você acha que eu deveria... conhecer sua família? Ou prefere que não?

— Não quero que você os conheça — respondeu na mesma hora.

— Sei que não sou muito...

— Não falei *nesse* sentido, nem um pouco! Quis dizer que eles fariam um *rebuliço*. Não suporto rebuliços.

— Às vezes eu acho que estamos na clandestinidade. Minha imagem fica prejudicada, não acha?

— Eu tenho idade para ter meus amigos — retrucou Ellie. — Tenho quase 21 anos. Quando fizer 21, posso ter os amigos que quiser e ninguém vai impedir. Mas, por ora, veja bem... Como eu disse, seria um rebuliço tremendo e iam me escorraçar para sabe-se lá onde e eu não poderia revê-lo. Seria... Ah, vamos, *por favor*, continuar como estamos.

— Se está bem para você, está bem para mim — declarei. — Apenas não queria ser, bem, tão clandestino em tudo.

— Não é clandestinidade. É apenas questão de ter um amigo com quem se pode conversar, contar as coisas. Uma pessoa com quem se pode... — Ela abriu um sorriso repentino. — Alguém com quem se faz de conta. Você não sabe como é maravilhoso.

Sim, havia muito disso: faz de conta! Cada vez mais nossas horas em comum seriam daquilo. Às vezes era comigo. O mais comum era Ellie dizer: "Vamos imaginar que compramos o Passo do Cigano e que vamos construir uma casa."

Eu lhe contei bastante sobre Santonix e sobre as casas que ele havia construído. Tentei descrever o tipo de casas que eram e como ele pensava nas coisas. Creio que não fiz isso muito bem, pois não sou bom de descrições. Ellie sem dúvida tinha sua própria imagem da casa — da nossa casa. Não *falávamos* "nossa casa", mas sabíamos o que queríamos dizer...

Então, durante mais de uma semana, não pude ver Ellie. Saquei todas as minhas economias (não eram muitas) e comprei para ela um pequeno anel de trevo verde feito com alguma pedra irlandesa. Que eu lhe daria de presente de aniversário, que ela ia amar e ficar muito contente.

— É lindo — disse ela.

Ela não usava muitas joias e, quando usava, eu não tinha dúvida de que eram diamantes e esmeraldas reais, ou algo do tipo, mas mesmo assim ela gostou do meu anel irlandês.

— É o presente do qual mais vou gostar — afirmou.

Então lhe enviei uma carta apressada. Ela viajaria para o exterior com a família, para o sul da França, imediatamente após o aniversário.

"Mas não se preocupe", ela escreveu, "voltaremos em questão de duas a três semanas, desta vez a caminho dos Estados Unidos. De qualquer modo, voltaremos a nos encontrar. Tenho algo de especial a conversar com você."

Eu me senti irrequieto e constrangido por não poder ver Ellie, sabendo que ela tinha viajado à França. Também tinha novidades a respeito da propriedade no Passo do Cigano. Parece que ela *havia* sido vendida por tratativa particular, mas não havia muitas informações a respeito do comprador. Aparentemente fora uma firma de advocacia londrina a fechar o negócio. Tentei descobrir mais, mas não consegui. A firma em questão era muito privativa. Naturalmente, não abordei os chefes. Puxei conversa com um dos funcionários e só recebi vagas informações. A propriedade fora adquirida por um cliente muito rico que a usaria como investimento, pois poderia valorizar quando as terras daquela região estivessem mais desenvolvidas.

É muito difícil descobrir as coisas quando se trata com firmas tão seletas. Tudo parece segredo mortal, como se fossem do M.I.5! Todos agem em nome de alguém que não pode ser nomeado nem mencionado! Ofertas públicas, nem pensar!

Entrei em um estado terrível de inquietação. Parei de pensar no assunto e fui visitar minha mãe.

Fazia tempo que não a visitava.

Capítulo 6

Minha mãe vivia na mesma rua havia vinte anos, uma rua de casinhas banais, todas muito respeitáveis mas desprovidas de qualquer tipo de beleza ou atratividade. A soleira da porta estava devidamente alvejada e parecia a mesma de sempre. Era o número 46. Apertei a campainha. Minha mãe abriu a porta e parou para me olhar. Também parecia a mesma de sempre. Alta, angulosa, os cabelos grisalhos partidos ao meio, a boca que parecia uma ratoeira e o olhar eternamente desconfiado. Sua aparência era ríspida. Mas, até onde me tocava, havia nela um cerne de doçura. Que ela nunca demonstrava, se possível, mas que eu sabia que estava lá. Nunca, nem por um instante, ela deixara de desejar que eu fosse diferente, mas suas vontades nunca se tornariam realidade. Havia um impasse perpétuo entre nós.

— Ah — disse ela —, então é você.

— Sim, sou eu.

Ela recuou um pouco para eu passar. Cruzei a porta principal e a sala de estar e entrei na cozinha. Ela me seguiu e continuou me olhando.

— Faz um bom tempo — disse ela. — O que anda fazendo?

Dei de ombros.

— Uma coisinha aqui e outra ali — respondi.

— Ah, como sempre, é?

— Como sempre — concordei.

— Quantos empregos teve desde a última vez?

Parei para pensar.

— Cinco — respondi.

— Como eu gostaria que você amadurecesse.

— Sou plenamente maduro. Escolhi meu estilo de vida. Como andam as coisas com você?

— O de sempre, também — respondeu minha mãe.

— Tudo bem de saúde e tudo mais?

— Não tenho tempo para ficar doente. — Então perguntou abruptamente: — Você veio pelo quê?

— Eu tinha que vir por algo em particular?

— É por isso que geralmente vem.

— Não entendo por que me reprova com tanta veemência por querer conhecer o mundo.

— Dirigindo carros de luxo pelo continente! É esta a ideia que você tem de conhecer o mundo?

— Com certeza.

— Você nunca terá sucesso desse jeito. Não se abandonar o serviço com um dia de aviso prévio e ficar doente, largando os clientes no meio de uma cidade ímpia.

— Como soube?

— Sua firma telefonou. Queriam saber se eu tinha seu endereço.

— Por que queriam falar comigo?

— Imagino que quisessem reempregá-lo — disse minha mãe. — Não consigo imaginar por quê.

— Porque sou bom motorista e os clientes gostam de mim. Enfim, o que eu ia fazer se fiquei doente, não é?

— Não sei.

A perspectiva dela era claramente de que eu poderia ter feito algo.

— Por que não os avisou quando voltou a Londres?

— Porque eu tinha mais o que fazer — respondi.

Ela ergueu as sobrancelhas.

— Voltou a ter ideias? Mais loucuras? Em que outros empregos você andou?

— Frentista. Mecânico de oficina. Auxiliar de escritório temporário, lavei pratos em um bar-restaurante de baixa reputação.

— Morro abaixo, então — disse ela, com uma satisfação sinistra.

— De modo algum. Tudo faz parte do plano. Meu plano!

Ela deu um suspiro.

— Gostaria do quê, chá ou café? Tenho os dois.

Decidi pelo café. Superei o vício no chá. Ficamos sentados com as xícaras à frente. Ela tirou um bolo caseiro de uma lata e serviu um pedaço para cada um.

— Você está diferente — comentou ela, repentina.

— Eu? Como?

— Não sei, mas está diferente. O que houve?

— Nada. O que poderia ter acontecido?

— Você está animado.

— Vou roubar um banco.

Ela não estava com ânimo para piadas. Disse apenas:

— Não, não temo que faça uma coisa dessas.

— Por que não? Hoje em dia parece ser um jeito fácil e rápido de enriquecer.

— Daria muito trabalho — falou ela. — E muito planejamento. Mais esforço mental do que você gosta de ter. Também não é seguro.

— Você acha que sabe tudo de mim.

— Não, não sei. Não sei nada de você, pois nós somos diferentes como água e vinho. Mas sei que está metido em alguma. Você está metido em alguma coisa neste momento. O que é, Micky? É uma moça?

— Por que você diria que é uma moça?

— Eu sempre soube que um dia ia acontecer.

— O que quer dizer com "um dia"? Já tive várias moças.

— Não no sentido que estou dizendo. Só do jeito de um jovem que não tem nada na vida. Você nunca sossegou o facho com as moças, mas até agora nunca foi sério.

— Mas você acha que agora é sério?

— É uma moça, Micky?

Não a encarei. Olhei para o lado e disse:

— Pode ser.

— Que tipo de moça?

— O tipo certo para mim — respondi.

— Vai trazê-la para eu conhecer?

— Não.

— Então vai ser assim, é?

— Não, não vai. Não quero magoá-la, mas...

— Você não me magoa. Você não quer que eu a conheça para evitar que eu me oponha. Não é isso?

— Se você se opusesse, eu não daria atenção.

— Talvez não, mas ficaria abalado. Você ficaria abalado por dentro porque se importa com o que eu falo e penso. Há algumas coisas que supus a seu respeito. Talvez tenha suposto corretamente, e você sabe. Sou a única pessoa no mundo que abala sua autoconfiança. Esta moça, ela não é flor que se cheire, está dominando-o?

— Não é flor que se cheire? — falei com uma risada. — Ah, se você a visse! Assim me faz rir.

— O que quer de mim? Alguma coisa você quer. Sempre quer.

— Quero dinheiro.

— De mim não vai ter. Para que você quer? Para gastar com esta moça?

— Não — respondi. — Quero comprar um terno de qualidade para me casar.

— Você vai casar com ela?

— Se ela aceitar.

Minha mãe ficou abalada.

— Ao menos se você me contasse! — exclamou. — Você está caído de amores, já estou vendo. É o que sempre temi, que você escolhesse a moça errada.

— A moça errada! Diabos! — gritei, furioso.

Saí da casa batendo a porta.

Capítulo 7

Quando cheguei em casa, um telegrama me aguardava — tinha sido enviado de Antibes.

Encontro amanhã 16h30 local de sempre.

Ellie estava diferente. Percebi na hora. Encontramo-nos como sempre no Regent's Park e de início estávamos nos estranhando, incomodados. Eu tinha algo a lhe dizer e não sabia como. Creio que qualquer homem fique assim quando está prestes a propor casamento.

Ela também estava estranha em relação a algo. Talvez estivesse pensando na maneira mais suave e delicada de me rejeitar. Mas, por algum motivo, não pensei naquilo. Toda minha convicção na vida baseava-se no fato de que Ellie me amava. Mas havia algo de novo e independente nela, uma autoconfiança inédita que eu não tinha como aceitar que fosse simplesmente por ter um ano a mais. Um aniversário não faz tanta diferença para uma moça. Ela e a família estiveram no sul da França e ela me contou um pouco de como havia sido. Então, envergonhada, ela disse:

— E-eu vi aquela casa, aquela da qual você me contou. Aquela que seu amigo arquiteto construiu.

— Qual... Santonix?

— Sim. Fomos lá almoçar um dia.

— Como você conseguiu isso? Sua madrasta conhece o homem que mora lá?

— Dmitri Constantine? Bem... não exatamente, mas ela o conheceu e... Bem... Greta preparou tudo para irmos até lá.

— Greta, de novo — falei, deixando a irritação ressoar na voz.

— Eu já lhe disse, Greta é ótima para conseguir o que se quiser.

— Ah, tudo bem. Então ela conseguiu que você e sua madrasta...

— E o tio Frank — disse Ellie.

— Uma comitiva familiar — falei — E Greta, imagino.

— Não, Greta não foi, porque, bem... — Ellie hesitou. — Cora, minha madrasta, não trata Greta dessa forma.

— Ela não é da família, é uma parente parasita, é isto? É só a *au pair*, aliás. Greta deve ofender-se quando é tratada desse modo.

— Ela não é a *au pair*, ela é como minha companheira.

— Uma dama de companhia, uma acompanhante, uma *duenna*, uma governanta. Há várias palavras.

— Ah, quieto — retrucou Ellie. — Deixe-me contar. Agora entendi o que você disse sobre seu amigo Santonix. A casa é maravilhosa. Ela é... *diferente*. Já consigo ver que, se ele construísse para nós, seria uma casa maravilhosa.

Ela havia usado a palavra inconscientemente. Construísse para *nós*, ela dissera. Estivera na Riviera e conseguira que Greta fizesse os preparativos para conhecer o lugar que eu havia descrito, pois queria imaginar com clareza a casa que nós, no mundo dos sonhos que criamos, mandaríamos Rudolf Santonix construir.

— Fico contente que você tenha achado isso — falei.

— O que você anda fazendo? — perguntou ela.

— Só meu emprego sem graça. Também fui a uma corrida de cavalos e botei dinheiro em um azarão. Trinta para um. Coloquei cada tostão que tinha e ganhei com vantagem. Quem disse que não ando com sorte?

— Fico contente que tenha ganhado — comentou Ellie, mas sem animação alguma, pois apostar tudo que se tem em um azarão e o azarão vencer nada significava no mundo dela. Não o mesmo que significava no meu mundo.

— E fui visitar minha mãe.

— Você nunca me falou muito de sua mãe.

— Por que deveria?

— Vocês não são afeiçoados?

Fiquei pensando.

— Não sei — respondi. — Às vezes não creio que sejamos. Afinal, a pessoa cresce e... supera os pais. Os pais e as mães.

— Eu creio que você se importa com ela. Ou não ficaria com tanta dúvida ao falar dela.

— De certo modo, tenho medo dela — expliquei. — Ela me conhece bem. Sabe o que tenho de pior, quero dizer.

— Alguém tem que saber.

— Como assim?

— Há um ditado de um destes grandes escritores que diz que nenhum homem é herói para seu criado. Talvez toda pessoa devesse ter um criado. Deve ser difícil sempre precisar corresponder às ideias que os outros têm de si.

— Bom, você tem muitas ideias, Ellie — falei. Peguei-a pela mão. — Você entende tudo de mim?

— Creio que sim — respondeu ela, com tranquilidade e simplicidade.

— Eu nunca lhe contei tudo.

— Você quer dizer que nunca me contou nada, pois sempre se calou. É diferente. Mas sei muito bem *como* você é, a sua pessoa.

— Será que sabe? — perguntei. E prossegui: — Parece-me tolice dizer que eu a amo. Parece-me tarde demais, não? Quer dizer, você sabe há muito tempo, praticamente desde o princípio, não sabe?

— Sim — confirmou Ellie —, e você também sabia, não sabia, a meu respeito?

— O caso é que... que atitude tomaremos? Não será fácil, Ellie. Você sabe muito bem o que sou, o que fiz, o tipo de vida que levo. Voltei para visitar minha mãe naquela ruazinha suja e respeitável onde ela mora. Não é o mundo onde você vive, Ellie. Não sei se um dia estes mundos se encontrarão.

— Você poderia me levar para conhecer sua mãe.

— Sim, poderia, mas prefiro não. Imagino que lhe pareça muito grosseiro, talvez cruel, mas entenda que precisamos levar uma vida peculiar juntos, você e eu. Não será a vida que você levava até então nem será a vida que eu levava. Tem que ser uma vida nova, na qual tenhamos uma espécie de meio-termo entre minha pobreza e ignorância e o seu dinheiro, sua cultura, seu meio. Meus amigos vão considerá-la arrogante e seus amigos vão considerar-me socialmente inapto. Então, o que faremos?

— Vou lhe dizer exatamente o que faremos. Vamos morar em uma casa no Passo do Cigano, uma casa dos sonhos, que seu amigo Santonix construirá para nós. É isso que vamos fazer. — E complementou: — Primeiro vamos nos casar. É isso o que você quer dizer, não é?

— Sim, é o que quero dizer. Se você concordar.

— É muito fácil — respondeu Ellie —, podemos nos casar na semana que vem. Já tenho idade. Agora posso fazer o que quiser. Faz toda a diferença. Creio que talvez você tenha razão a respeito das nossas relações. Eu não deveria contar aos meus familiares e você não contará à sua mãe, só depois que estiver feito e eles não puderem mais ter acessos de fúria, e a opinião deles não faça mais diferença.

— Maravilhoso — falei. — Maravilhoso, Ellie. Mas tem mais uma coisa. Odeio lhe dizer. Não podemos morar no Passo do Cigano. Onde quer que venhamos a construir a casa não será lá, pois o lote foi vendido.

— Eu sei que foi vendido — comentou Ellie, rindo. — Você não entendeu, Mike. Fui *eu* que comprei.

Capítulo 8

Fiquei sentado ali, no gramado próximo ao córrego, com as flores aquáticas, as pequenas trilhas e as pedrinhas ao nosso redor. Havia um bom número de pessoas à volta, mas não as notamos nem sequer vimos que estavam lá, pois éramos tais como todos. Jovens casais, conversando sobre o futuro. Eu olhava para ela, só olhava para ela. Não conseguia falar.

— Mike — começou ela. — Tem uma coisa, uma coisa que tenho que lhe contar. Uma coisa sobre mim, quero dizer.

— Não precisa. Não precisa me contar nada.

— Sim, mas preciso. Deveria ter contado há muito tempo, mas não queria, porque... porque achei que o afugentaria. Mas explica, de certo modo, o Passo do Cigano.

— Você *comprou* a propriedade? — perguntei. — Mas como?

— Através de advogados, ao modo usual. É um investimento muito razoável, sabia? As terras vão valorizar. Meus advogados ficaram muito contentes.

Era estranho de repente ouvir Ellie, a suave e tímida Ellie, falando com tanto conhecimento e confiança sobre o mundo comercial de compras e vendas.

— Você comprou para nós?

— Sim. Fui a um advogado meu, não o da família. Falei o que queria fazer, envolvi-o no processo, coloquei tudo em andamento. Havia outros dois interessados, mas não eram tão ávidos e não queriam subir tanto a oferta. O importante era que tudo estivesse preparado e organizado para eu assinar assim que tivesse idade. Está assinado e encerrado.

— Mas você deve ter dado um sinal ou algo assim de antemão. Tinha dinheiro para tanto?

— Não — disse Ellie. — Não, eu não tinha muito dinheiro sob meu controle de antemão, mas há pessoas que podem emprestar. E se você vai a uma nova firma de representação jurídica, eles vão querer que você os empregue assim que obtiver o dinheiro que vier a obter. Por isso dispõem-se ao risco de que você caia morta antes do aniversário.

— Você soa tão entendida de negócios que é de tirar o fôlego!

— Esqueça os negócios. Tenho que voltar ao que estava lhe contando. Em certo sentido até já lhe contei, mas creio que não tenha percebido.

— Não quero saber — falei. Minha voz ficou alta, quase um grito. — Não me conte *nada*. Não quero saber nada do que você fez ou com quem é afeiçoada nem o que lhe aconteceu.

— Não é nada disso. Não percebi que era isto que você temia. Não, não é nada disso. Não há segredos de alcova. Não há ninguém além de você. O caso é que eu... Bem... Eu sou rica.

— Isto eu sei, você já me contou.

— Sim — disse Ellie, com um leve sorriso —, e você me chamou de "a pobre menina rica". Mas, de certa forma, é mais que isso. Meu avô, veja bem, era incrivelmente rico. Do petróleo. Sobretudo petróleo, mas também outras coisas. As esposas a quem ele pagava pensão já faleceram, e só restaram meu pai e eu, pois seus outros dois filhos foram mortos. Um na Coreia e o outro em um acidente de carro. E assim aconteceu que tudo ficou em um grande fundo e, quando meu pai morreu repentinamente, tudo veio para *mim*. Meu pai já havia providenciado a parte de minha madrasta, então ela não recebeu mais nada. Tudo virou *meu*. Eu sou... Bom, eu sou uma das mulheres mais ricas dos Estados Unidos, Mike.

— Meu Senhor — falei. — Eu não sabia... Sim, tem razão, eu não sabia que era *isto*.

— Eu não queria que você soubesse. Não queria lhe contar. Por isso fiquei com medo quando falei meu nome:

Fenella Goodman. Escreve-se G-u-t-e-m-a-n, e pensei que você conheceria o nome, por isso falei de forma a parecer Goodman.

— Sim, lembro-me de ver o nome Guteman por aí. Mas creio que não o teria reconhecido mesmo assim. Existem muitas pessoas com nomes parecidos.

— É por isso — explicou ela — que pareço tão arredia, cercada e prisioneira. Já tive detetives fazendo minha segurança, e jovens passam por avaliação antes mesmo de poderem conversar comigo. Sempre que fazia uma amizade, eles tinham que se assegurar de que não era imprópria. Você não sabe como é terrível esta vida de prisioneira, terrível! Mas agora acabou, e caso não se importe...

— É óbvio que não me importo, vamos todos nos divertir. Aliás, não haveria como você ser *rica demais* para mim!

Nós dois rimos.

— O que eu gosto em você é o jeito como é natural com tudo — disse ela.

— Além do mais, imagino que você vá pagar muitos impostos, não é? Isso é uma das coisas boas em ser como eu. Todo dinheiro que ganho entra no meu bolso e ninguém tira de mim.

— Teremos nossa casa, nossa casa no Passo do Cigano. — Ela teve um leve calafrio momentâneo.

— Não há como você estar com frio, querida — falei, olhando para o sol brilhando.

— Não — concordou ela.

Estava realmente muito quente. Estávamos fritando. Parecia quase o sul da França.

— Não — falou Ellie —, foi só que... Aquela mulher, a cigana daquele dia.

— Ah, não dê bola para aquela mulher — falei —, era uma doida mesmo.

— Você acha que ela *realmente* pensa que há uma maldição naquelas terras?

— Creio que ciganas sejam assim. Você sabe... Vivem de espetacularizar maldições e essas coisas.

— Você entende muito de ciganas?

— Absolutamente nada — respondi com sinceridade. — Caso não queira o Passo do Cigano, Ellie, compraremos uma casa em outro lugar. No alto de uma montanha de Gales, no litoral da Espanha, em uma encosta italiana. Santonix também pode nos construir uma casa lá.

— Não — insistiu Ellie —, é assim que eu quero que seja. Foi lá que vi você pela primeira vez, subindo a estrada, fazendo a curva, tão repentino; quando me viu, parou e me observou. Nunca vou esquecer.

— Nem eu.

— Então é lá que vai ser. E seu amigo Santonix que vai construir.

— Espero que ainda esteja vivo — comentei com uma pontada de inquietação. — Ele estava doente.

— Ah, sim, ele está vivo. Eu fui vê-lo.

— Você foi vê-lo?

— Sim. Quando estava no sul da França. Ele estava em um sanatório.

— Ellie, a cada minuto você me parece mais sensacional. As coisas que faz, as coisas que consegue.

— Achei-o uma pessoa maravilhosa, mas apavorante.

— Ele a assustou?

— Sim, por algum motivo ele me deixou muito assustada.

— Conversou com ele sobre nós?

— Sim. Ah, sim, contei-lhe sobre nós, sobre o Passo do Cigano e sobre a casa. Santonix me disse que teríamos que apostar nele. É um homem muito doente. Disse que achava que ainda teria vida para visitar o local, para desenhar as plantas, para visualizar e deixar tudo esboçado. Disse que não se importaria se morresse antes de ver a casa finalizada, mas eu lhe falei que ele não pode morrer antes do fim da construção, porque quero que ele nos veja morando lá.

— E o que ele respondeu?

— Ele me perguntou se eu sabia o que estava fazendo ao casar com você, e eu falei que claro que sabia.

— E depois?

— Ele disse que se perguntava se *você* sabia o que estava fazendo.

— Sei muito bem — afirmei.

— Ele falou: "Você sempre saberá por onde trilha, senhorita Guteman, sempre irá aonde quiser, porque será o caminho que escolheu. Mas Mike", continuou ele, "pode tomar o caminho errado. Ele não é maduro o bastante para saber aonde vai." Eu falei: "Comigo, ele ficará a salvo."

Ela era de uma convicção soberba. Mas fiquei irritado com o que Santonix dissera. Ele era igual a minha mãe. Sempre aparentando saber mais sobre mim do que eu mesmo.

— Eu sei aonde vou — afirmei. — Vou pelo caminho que quero, e nós vamos juntos.

— Já começaram a derrubar as ruínas da Torres — informou Ellie.

Ela começou a tratar de questões práticas.

— Assim que a planta estiver pronta, será uma obra acelerada. Precisamos nos apressar. Foi o que Santonix disse. Podemos nos casar na terça-feira? — perguntou Ellie. — Gosto do dia da semana.

— Sem ninguém mais.

— Fora Greta.

— Que se dane a Greta, ela não irá ao nosso casamento. Você, eu e mais ninguém. Podemos encontrar a testemunha obrigatória na rua.

E, em retrospecto, acredito mesmo que aquele foi o dia mais feliz da minha vida...

LIVRO

2

Capítulo 9

Então foi desse jeito, e Ellie e eu nos casamos. Parece abrupto quando conto assim, mas perceba que foi apenas como aconteceu. Decidimos nos casar e foi o que fizemos.

Foi parte do todo — não só o fim de um livro romântico ou de um conto de fadas. "E assim eles casaram-se e viveram felizes para sempre." Afinal, não há como extrair drama do felizes para sempre. Nos casamos, os dois estavam contentes, e levou um bom tempo até alguém se meter entre nós e começar a criar as dificuldades e perturbações de sempre, e de nós tirarmos nossas conclusões a respeito do que acontecia.

Foi tudo extraordinariamente simples. Em sua ânsia por liberdade, Ellie havia encoberto seu rastro com inteligência até então. A prestativa Greta cumprira todas as etapas necessárias e estava sempre de guarda atrás dela. E eu percebera muito cedo que não havia alguém que se preocupasse com Ellie e com o que ela fazia. Sua madrasta era absorta na vida social e em enlaces românticos. Se a enteada não quisesse acompanhá-la a um ou outro ponto do globo, Ellie não precisava ir. Ela tivera todas as governantas e criadas e vantagens na educação e, se quisesse ir à Europa, por que não? Se optasse por fazer seu aniversário de 21 anos em Londres, mais uma vez, por que não? Agora que tinha controle sobre sua vasta fortuna, ela assumira o cabresto da família em relação aos gastos. Se quisesse um solar na Riviera, ou um castelo na Costa Brava, ou um iate, ou qualquer dessas coisas, bastava mencionar o desejo para alguém entre o séquito que cerca os milionários providenciar de imediato.

O que entendi a respeito de Greta é que a família a via como a mais admirável das lacaias. Competente, apta a fazer qualquer preparativo com suprema eficiência, subserviente sem questionamentos e encantadora para a madrasta, o tio e um ou outro primo que rondavam o núcleo. Ellie tinha nada menos que três advogados à disposição, pelo que deixava entrever. Estava cercada por uma vasta rede financeira de banqueiros e advogados e administradores de fundos fiduciários. Era um mundo do qual eu tinha apenas vislumbres uma vez ou outra, geralmente de coisas que Ellie deixava escapar por descuido durante nossas conversas. Não lhe ocorreu, naturalmente, que eu não entendesse dessas coisas. Ela fora criada no meio delas e concluiu que o mundo inteiro sabia o que eram, como funcionavam e tudo mais.

Aliás, vislumbres das peculiaridades da vida de cada um, inesperadamente, era o que mais saboreávamos no início da vida de casados. Falando de forma grosseira — e eu mesmo me dizia de forma grosseira, pois era a única maneira de entender minha nova vida —, os pobres não sabem como vivem os ricos e os ricos não sabem como vivem os pobres, e descobrir é uma experiência encantadora para ambos. Uma vez comentei, constrangido:

— Veja só, Ellie: vai haver uma barafunda com esta coisa toda? Com nosso casamento, digo?

Notei que Ellie ponderou sobre o assunto sem grande atenção antes de responder:

— Ah, com certeza. Provavelmente eles serão tenebrosos. — E complementou: — Espero que você não se incomode *muito*.

— Não vou me incomodar. Por que deveria? Mas e você? Eles vão importuná-la?

— Imagino que sim, mas não há motivo para lhes dar ouvidos. A questão é que eles não podem *fazer* nada.

— Mas vão tentar?

— Ah, vão. Vão tentar. — Então, pensativa, concluiu: — Provavelmente tentarão suborná-lo.

— Subornar?

— Não fique chocado — disse Ellie, e abriu um alegre sorriso de garotinha. — Não é exatamente assim que eles dizem. A primeira que subornaram foi Minnie Thompson, sabia?

— Minnie Thompson? A que chamam de herdeira do petróleo?

— Sim, ela mesma. Ela fugiu para casar com o salva-vidas de uma praia.

— Veja bem, Ellie — falei, incomodado —, *eu* já fui salva-vidas em Littlehampton.

— Ah, foi? Que divertido! Permanente?

— Não, claro que não. Foi um verão só, nada mais.

— Não queria que você se preocupasse.

— E o que houve com Minnie Thompson?

— Tiveram que chegar a duzentos mil dólares, creio eu. Ele não aceitava menos. Minnie era muito atirada e era mesmo miolo mole — contou.

— Você é de tirar o fôlego, Ellie. Não só consegui uma esposa, consegui algo que posso trocar por dinheiro vivo assim que quiser.

— Isso mesmo. É só contratar um advogado todo-poderoso e dizer que você se dispõe a jogo limpo. Aí ele arranja o divórcio e a quantia da pensão — informou, prosseguindo na minha instrução. — Minha madrasta casou-se quatro vezes, e tirou bastante de cada um. — Depois acrescentou: — Ah, Mike, não fique assim tão *chocado*.

A graça é que eu estava chocado. Sentia um desgosto puritano pela corrupção da sociedade moderna em seus andares mais abastados. Havia algo tão de garotinha em Ellie, tão simples, quase tocante na postura, que fiquei abismado em descobrir como ela estava por dentro dos assuntos mundanos e o quanto os tratava como normal. Ainda assim, eu sabia que estava certo a respeito dela no nível fundamental.

Sabia muito bem o tipo de criatura que Ellie era. Sua simplicidade, seu afeto, sua doçura natural. O que ela sabia e dava por comum era uma fatia limitadíssima da sua humanidade. Ela não conhecia muito do mundo, o mundo de correr atrás de trabalho, das quadrilhas no turfe e de traficantes, da luta de foice que era a vida, do tipinho exibido e metido a besta que eu conhecia muito bem por sempre ter vivido entre eles. Ela não sabia o que era ser criado entre os de decência e honra, mas sempre mal de dinheiro, com uma mãe que trabalhava como condenada em nome do respeito, determinada a fazer o filho vingar na vida. Cada tostão poupado, e a amargura quando o filho sonso e serelepe desperdiçava ou apostava tudo em uma barbada na corrida das 15h30.

Ela tanto gostava de saber da minha vida quanto eu gostava de ouvir da dela. Nós dois explorávamos terra estrangeira.

Em retrospecto, vejo como eram felizes e maravilhosos aqueles primeiros tempos com Ellie. Na época eu não dei o valor que devia, nem ela. Casamos em um cartório de Plymouth. Guteman não é um nome incomum. Ninguém, jornalistas ou outros, sabia que a herdeira Guteman estava na Inglaterra. Uma vez ou outra saía uma nota nos jornais informando que ela estava na Itália ou no iate de tal pessoa. Casamos no cartório com o escrivão e uma datilógrafa de meia-idade como testemunhas. Ele nos deu uma breve arenga sobre as responsabilidades da vida conjugal e desejou felicidade. Então saímos, livres e casados. Mr. e Mrs. Michael Rogers! Passamos uma semana em um hotel litorâneo e depois viajamos ao exterior. Foram três semanas de glória indo aonde a imaginação nos levasse, sem poupar despesas.

Fomos à Grécia e a Florença, depois a Veneza, deitamos no Lido, depois à Riviera Francesa, depois às Dolomitas. Já esqueci o nome de metade dos locais. Fomos de avião ou fretamos um iate ou contratamos carros grandes e bonitos. Enquanto aproveitávamos, Greta, pelo que ouvi de Ellie, ainda estava no *front* doméstico fazendo suas coisas: viajando também a seu modo, enviando cartas e encaminhando os cartões-postais e cartas que Ellie deixara com ela.

— Creio que chegará o dia do acerto de contas — comentou Ellie. — Eles vão cair em cima de nós como um bando de abutres. Mas, até lá, é bom que aproveitemos.

— E Greta? Não ficarão furiosos com ela quando descobrirem?

— Ah, é claro, mas Greta não vai se importar. Ela é forte.

— Será que não vai prejudicá-la para conseguir outro emprego?

— Por que ela teria que buscar outro emprego? — questionou Ellie. — Ela vai morar conosco!

— Não!

— Como assim, *não*, Mike?

— Não queremos ninguém morando conosco.

— Greta não vai nos atrapalhar — garantiu Ellie — e seria muito útil. É sério, não sei o que faria sem ela. Ela gerencia e consegue tudo.

Fechei a cara.

— Creio que eu não gostaria. Além disso, queremos nossa própria casa. É a nossa casa dos sonhos, não é, Ellie? É a que queremos para nós.

— Sim, entendo o que você quer dizer. Mas, de qualquer forma... — Ela hesitou. — Seria ruim para Greta não ter onde morar. Afinal, já faz quatro anos que ela está comigo, que faz tudo para mim. E veja como me ajudou a casar e tudo mais.

— Eu não vou deixar que ela se intrometa entre nós o tempo todo!

— Mas ela não é *assim*, Mike. Você ainda nem a conheceu.

— Não. Não, eu sei que não, mas... mas não tem nada a ver com, ah, com gostar ou não gostar dela. Queremos ser *nós*, Ellie.

— Querido Mike — falou delicadamente.

Deixamos o assunto de lado.

Durante nossas viagens, encontramos Santonix. Foi na Grécia. Ele estava em uma choupana de pescador próxima ao mar. Fiquei assustado com sua aparência doente, muito pior do que um ano antes. Ele nos cumprimentou com muito carinho.

— Então conseguiram, vocês dois — disse ele.

— Sim — respondeu Ellie —, e agora vamos construir nossa casa, não vamos?

— Já tenho os projetos para vocês, as plantas. Ele se virou para mim. — Ela lhe disse, não disse, que veio, que me arrancou da toca, que me deu as... ordens — contou, escolhendo as palavras cuidadosamente.

— Ah! Ordens, não — disse Ellie. — Apenas implorei.

— Você sabe que compramos o terreno? — perguntei.

— Ellie me informou por telegrama. Enviou dezenas de fotografias.

— Claro que você tem que ir lá para conhecer antes — disse Ellie. — Talvez não goste do local.

— Mas eu gostei.

— Você não tem como saber a *sério* antes de ver.

— Mas eu vi, criança. Fui para lá há cinco dias. Conheci um de seus advogados de aparência severa. O inglês.

— Mr. Crawford?

— Ele mesmo. Na verdade, as operações já se iniciaram: a limpeza do terreno, a remoção dos escombros da casa antiga, fundações... drenagem... Quando vocês voltarem à Inglaterra, estarei lá para encontrá-los.

Então ele sacou suas plantas e nos sentamos para conversar e observar a futura casa. Havia inclusive um esboço em aquarela, assim como as plantas alta e baixa.

— Gostou, Mike?

Inspirei fundo.

— Sim — falei —, é esta. É *esta* aqui.

— Você falava bastante dela, Mike. Quando eu andava imaginativo, pensava que aquelas terras o haviam enfeitiçado. Você era um homem apaixonado por uma casa que poderia nunca vir a ser sua, que talvez nunca visse, que talvez nunca fosse construída.

— Mas ela será — afirmou Ellie. — Será construída, não será?

— Se Deus ou o Diabo assim quiserem — respondeu Santonix. — Não depende de mim.

— Você não... não melhorou? — perguntei, em dúvida.

— Enfie nesta cabeça dura: eu nunca ficarei *melhor.* Não existe essa possibilidade.

— Absurdo — retruquei. — Encontram curas para tudo a toda hora. Médicos são grosseiros e soturnos. Eles dão as pessoas como mortas, aí elas riem, fazem uma figa para eles e vivem mais cinquenta anos.

— Admiro seu otimismo, Mike, mas minha doença não é desta estirpe. Eles levam-no ao hospital e lhe dão uma transfusão de sangue, e lá volta você com uma pequena margem de vida, uma pequena dose de tempo extra. E assim por diante, cada vez mais fraco.

— Você é muito corajoso — comentou Ellie.

— Ah, não, não sou corajoso. Quando uma coisa é certa, não há nada com que ser corajoso. Você só encontra algum consolo.

— Construindo casas?

— Não, isso não. O vigor é cada vez menor, entende, e assim construir casas torna-se mais difícil, não mais fácil. A força sempre se esgota. Não. Mas *existem* certos consolos. Às vezes dos mais peculiares.

— Não entendo — falei.

— Não, Mike, nem poderia entender. Não sei se Ellie entenderia. Talvez. — Ele prosseguiu, falando não tanto conosco, mas consigo mesmo. — As duas coisas correm juntas, em paralelo. Fraqueza e força. A fraqueza do vigor minguante e a força da potência frustrada. Não interessa, percebam, *o que* se faz agora! Vocês morrerão de qualquer modo. Então podem fazer *o que bem entenderem*. Não há nada que os detenha, não há nada que os impeça. Eu poderia caminhar pelas ruas de Atenas e alvejar cada homem e cada mulher de cujo rosto não gostasse. Pensem nisso.

— A polícia poderia prendê-lo de qualquer maneira — ressaltei.

— Claro que sim. Mas fariam o quê? No máximo tirariam minha vida. Bem, em curto período, minha vida será tirada por um poder maior que a lei. O que mais poderiam fazer? Mandar-me para a prisão por vinte... trinta anos? É muito irônico, não acham? Não há vinte ou trinta anos para eu cumprir. Seis meses... um ano... dezoito meses, na melhor das hipóteses. Não há nada que possam fazer por mim. Portanto, no tempo que me resta, eu sou rei. Posso agir como quiser. Às vezes é uma ideia inebriante. Porém... Porém, vejam, não há grande tentação porque não há nada de particularmente exótico ou ilícito que eu queira fazer.

Depois que o deixamos, enquanto voltávamos a Atenas, Ellie me confessou:

— É uma pessoa estranha. Às vezes tenho medo dele, sabe?

— Medo de Rudolf Santonix... Por quê?

— Porque ele é diferente de qualquer pessoa e porque tem... não sei... algo de cruel, de arrogante. Acho que ele estava querendo nos dizer, na verdade, que saber que morrerá em breve aumentou sua arrogância. Suponha — disse ela, me observando de modo animado, com uma expressão quase extasiada —, suponha que ele nos construa um belo castelo, nossa bela casa à beira do penhasco e entre os pinheiros, suponha que estivéssemos indo morar nela. Ele estaria na porta, nos receberia, então...

— Então, Ellie?

— Suponha que ele entrasse depois de nós, fechasse a porta devagar e nos sacrificasse ali mesmo, no umbral. Que passasse uma lâmina pelas nossas gargantas ou algo assim.

— Você me assusta, Ellie. As coisas em que pensa!

— O problema que nós dois temos, Mike, é não viver no mundo real. Sonhamos com o fantástico que talvez nunca aconteça.

— Não pense em sacrifícios vinculados ao Passo do Cigano.

— É o nome, creio eu, e a maldição que se instalou.

— Não há maldição alguma! — berrei. — É tudo um absurdo. Esqueça.

Isto aconteceu na Grécia.

Capítulo 10

Foi, se bem me lembro, no dia seguinte. Estávamos em Atenas. De repente, nos degraus da Acrópole, Ellie encontrou conhecidos. Eles haviam atracado em um dos cruzeiros helênicos. Uma mulher de seus 35 anos separou-se do grupo e correu pelos degraus acima até Ellie, bradando:

— Ora, mas eu não creio. É você mesma, Ellie Guteman? Ora, o que faz aqui? Eu não tinha *ideia.* Veio em cruzeiro?

— Não — disse Ellie —, só vim passar um tempo.

— Ora, mas que graça revê-la. Como está Cora? Ela veio?

— Não, Cora está em Salzburgo, eu acho.

— Ora, ora. — A mulher começou a olhar para mim, e Ellie falou mais baixo: — Deixe-me apresentá-la: Mr. Rogers, Mrs. Bennington.

— Como vai? Quanto tempo vai ficar?

— Vou embora amanhã — respondeu Ellie.

— Ah, querida! Ah, vou me perder do grupo se não acompanhar, e não quero deixar de ouvir uma palavra da apresentação e das explicações. Eles são apressados, sabia? No fim do dia eu fico acabada. Alguma chance de nos encontrarmos para um drinque?

— Hoje não, faremos uma excursão.

Mrs. Bennington correu para reencontrar o grupo. Ellie, que estava subindo comigo os degraus da Acrópole, virou-se e começou a descer.

— Agora se decidiu, não é? — disse ela.

— O que se decidiu?

Ellie passou um ou dois minutos sem responder, então prosseguiu, suspirando:

— Tenho que escrever uma carta hoje.

— Para quem?

— Acho que para Cora e tio Frank, e também para o tio Andrew.

— Quem é tio Andrew? Esse é novo.

— Andrew Lippincott. Não é um tio de fato. É meu tutor principal, ou procurador, ou seja lá como se chama. É advogado. Dos mais conhecidos.

— O que você vai dizer?

— Que me casei. Não posso dizer de repente a Nora Bennington: "Deixe-me apresentar meu marido." Haveria berros de gelar a alma e arroubos de indignação e "Eu nem soube que você havia se casado. Conte-me tudo, querida", et cetera, et cetera. É justo que minha madrasta, tio Frank e tio Andrew sejam os primeiros a saber. — Ela deu um suspiro. — Ah, enfim, estava maravilhoso até agora.

— O que eles dirão ou farão? — perguntei.

— Alarde, creio eu — respondeu Ellie a seu modo plácido. — Não vai fazer diferença, e eles terão noção disso. Precisaremos fazer uma reunião, imagino. Podemos ir a Nova York. Você gostaria de ir? — Ela me fitou com um olhar inquisitivo.

— Não, não gostaria nem um pouco.

— Então provavelmente eles virão a Londres, não sei se todos. Não sei se é o que você prefere.

— Não gostarei de modo algum. Quero ficar com você e ver nossa casa crescer tijolo a tijolo assim que Santonix chegar lá.

— Então vamos — decidiu Ellie. — Afinal, reuniões em família não demoram. Provavelmente uma briga só, grande e espalhafatosa, já daria conta. Resolveria de uma vez. Ou pegamos um avião para lá ou eles pegam um avião para cá.

— Achei que você tinha dito que sua madrasta está em Salzburgo.

— Ah, foi apenas por falar. Seria estranho eu dizer que não sei onde ela está. Sim — Ellie suspirou —, vamos para casa, e eles nos encontram lá. Mike, espero que não se importe.

— Importar com o quê... Sua família?

— Sim. Que não vá se importar se forem desagradáveis.

— Creio que seja o preço a pagar por ter me casado com você — respondi. — Eu aguento.

— Tem a sua mãe — comentou Ellie, pensativa.

— Pelos céus, Ellie, você não quer arranjar um encontro entre sua madrasta, cheia de babados e rendas, e minha mãe da ruela. Que assunto acha que elas teriam?

— Se Cora fosse minha mãe, elas teriam muito a conversar. Gostaria que você não fosse tão obcecado com distinções de classe, Mike!

— Eu?! — exclamei, incrédulo. — Qual é a expressão dos americanos? Eu vim do lado errado dos trilhos, não vim?

— Não queira colocar em uma placa e pendurar no pescoço.

— Não sei como me vestir — falei, amargurado. — Não sei o jeito certo de falar das coisas e não entendo nada de filmes, nem arte, nem música. Estou aprendendo agora a quem devo dar gorjeta, e quanto.

— Você não acha, Mike, que é isso que deixa tudo mais empolgante? Eu acho.

— De qualquer modo, você não vai arrastar minha mãe à festa da sua família.

— Não quero arrastar ninguém a nada, Mike, mas creio que *eu* deveria conhecer sua mãe quando voltasse à Inglaterra.

— Não — respondi de supetão.

Ela me fitou, assustada.

— Mas por que não, Mike? Digo, fora tudo mais, seria uma grosseria não conhecê-la. Já contou a ela do casamento?

— Ainda não.

— Por quê?

Não respondi.

— Não seria mais simples contar que você se casou e me levar para conhecê-la assim que voltássemos à Inglaterra?

— Não — repeti, não tão explosivo, mas ainda deixando clara minha opinião.

— Você não quer que eu a conheça — acusou Ellie, espaçando cada sílaba.

É claro que não queria. Creio que já fosse óbvio, mas a última coisa que eu daria era uma explicação. Eu não sabia como explicar.

— Não seria o certo — falei devagar. — Você precisa entender. Tenho certeza de que causaria problemas.

— Acha que ela não gostaria de mim?

— Não haveria como não gostar de você, mas não seria... Ah, não sei explicar. Mas ela pode ficar incomodada e confusa. Afinal, bem, eu me casei com uma pessoa de "outra condição". É o termo que se usava, afinal. É *disso* que ela não gostaria.

Ellie balançou a cabeça lentamente.

— E alguém pensa assim hoje em dia?

— Claro que sim. Também é assim no seu país.

— Sim — admitiu ela —, de certo modo é verdade, mas... lá, se alguém vence na vida...

— Se a pessoa ganha muito dinheiro, você quer dizer.

— Bom, não só dinheiro.

— Sim, é o dinheiro, sim. Se a pessoa ganha muito dinheiro, ela é admirada, é respeitada, e não faz diferença onde nasceu.

— Bom, é assim em qualquer lugar — disse Ellie.

— Por favor, Ellie — pedi. — Por favor, não vá conhecer minha mãe.

— Ainda acho indelicado.

— Não é. Pode deixar que eu diga o que é melhor para minha própria mãe? Ela ficaria incomodada. Estou dizendo que ficaria.

— Mas você precisa contar que se casou.

— Tudo bem. Eu vou contar.

Ocorreu-me que seria mais fácil enviar uma carta do exterior a minha mãe. Naquela noite, enquanto Ellie escrevia para tio Andrew, tio Frank e sua madrasta, Cora van Stuyvesant, eu também escrevia minha carta. Foi bastante curta.

"Querida mamãe", escrevi. "Devia ter-lhe contado antes, mas me senti sem jeito. Casei-me há três semanas. Foi deveras repentino. É uma moça muito bonita e delicada. Ela tem bastante dinheiro, o que por vezes complica as coisas. Vamos construir uma casa em algum ponto do interior. No momento estamos viajando pela Europa. Abraços e beijos, Mike."

Os resultados da nossa correspondência noturna foram um pouco variados. Minha mãe deixou uma semana passar antes de enviar uma carta das mais típicas.

"*Querido Mike. Fiquei contente com sua carta. Espero que seja muito feliz. De sua afetuosa mãe.*"

Como Ellie havia profetizado, houve muito mais alarde do lado dela. Havíamos agitado um verdadeiro vespeiro de problemas. Fomos acossados por jornalistas querendo notícias de nosso romântico casamento, houve matérias de jornal sobre a herdeira Guteman e sua fuga para o casório, chegaram cartas de banqueiros e de advogados. Por fim, ela se preparou para reuniões oficiais. Encontramos Santonix no Passo do Cigano e lá conferimos as plantas e discutimos os planos. Depois de resolvermos esse assunto, voltamos a Londres, pegamos um quarto no Claridge's e nos preparamos, como se diz nos livros do velho mundo, para receber a cavalaria.

O primeiro a chegar foi Mr. Andrew P. Lippincott. Era um homem de idade, enxuto, de aparência meticulosamente cuidada. Era alto, esguio, de modos suaves e polidos. Vinha de Boston, embora não tivesse sotaque norte-americano. Conforme combinado, ele nos encontrou em nosso quarto ao meio-dia. Eu via que Ellie estava nervosa, embora disfarçasse muito bem.

Mr. Lippincott deu um beijo em Ellie e me recebeu com um aperto de mão e um sorriso agradável.

— Bem, minha cara Ellie, está de ótima aparência. Viçosa, eu diria.

— Como está, tio Andrew? Veio como? De avião?

— Não. Fiz uma viagem muito agradável no *Queen Mary*. É este seu marido?

— Sim, este é Mike.

Eu exagerei na cortesia, ou assim achei.

— Como vai o senhor? — falei.

Então perguntei se ele aceitava um drinque, que recusou educadamente. Ele sentou-se em uma cadeira reta com braços dourados e olhou, ainda sorrindo, de Ellie a mim.

— Bem — começou —, vocês, jovens, têm nos causado algumas surpresas. Muito romântico, hein?

— Perdão — disse Ellie —, sinto muito.

— Sente mesmo? — perguntou Lippincott, árido.

— Achei que fosse a melhor maneira.

— Não sou plenamente da sua opinião, minha cara.

— Tio Andrew, o senhor sabe muito bem que se eu fizesse de qualquer outra forma, haveria um alarde dos mais tenebrosos.

— E por que haveria tal alarde tenebroso?

— O senhor sabe como eles agiriam. E como o senhor agiria — falou, em tom acusatório. — Recebi duas cartas de Cora. Uma ontem e uma hoje pela manhã.

— Você deve descontar certa dose de agitação, minha cara. Que é natural, dadas as circunstâncias, não acha?

— Com quem eu caso e como e quando são questões que só dizem respeito a mim.

— Você pode achar que sim, mas vai descobrir que mulheres, da família que forem, raramente concordam.

— É sério, poupei muitos problemas a todos.

— Pode-se dizer que sim.

— Mas é verdade, não é?

— Mas você não pode dizer que não agiu com uma boa dose de dissimulação, e com a ajuda de uma pessoa que deveria ter pensado melhor antes de fazer o que fez.

Ellie corou.

— Está falando de Greta? Ela só fez o que pedi. Estão bravos com ela?

— Naturalmente. Nem ela nem você poderiam esperar outro tipo de reação, não acha? Você há de lembrar que ela dispunha de um cargo de confiança.

— Eu já sou maior de idade. Posso fazer o que quiser.

— Estou falando do período antes da sua maioridade. Foi quando as farsas começaram, não foi?

— O senhor não pode culpar Ellie — falei. — Para começar, eu não sabia do que se passava, e como todos os parentes dela eram de outro país, não foi fácil entrar em contato.

— Percebo perfeitamente — argumentou Mr. Lippincott — que Greta remeteu certas cartas e comunicou certas informações a Mrs. Van Stuyvesant e a mim como solicitado por nossa Ellie e, se assim posso dizer, o fez com grande competência. Já conheceu Greta Andersen, Michael? Posso chamá-lo de Michael, já que é marido de Ellie?

— É claro, pode me chamar de Mike. Não, não conheci Miss Andersen...

— É mesmo? Isto me surpreende muito. — Ele me dirigiu um longo olhar ponderado. — É de se pensar que ela estaria presente no seu casamento.

— Não, Greta não estava — confirmou Ellie, lançando-me um olhar de reprovação, e eu me remexi de desconforto.

— Sinto dizer — falou ele após um instante — que vocês dois terão que suportar certa dose de censura e crítica da parte da família de Ellie.

— Suponho que virão contra mim em bando — comentou Ellie.

— É bastante provável — disse Mr. Lippincott. — Tentei preparar o terreno.

— Está do nosso lado, tio Andrew? — perguntou Ellie, sorrindo para ele.

— Não se deve pedir a um advogado prudente que chegue a este ponto. Já aprendi com a vida que é justo aceitar o que é *fait accompli*. Vocês dois se apaixonaram, casaram-se e, pelo que entendi, Ellie, compraram uma propriedade no sul da Inglaterra e já começaram a construir uma casa. Vocês se propõem, portanto, a morar no interior?

— Sim, queremos fazer de lá nosso lar. O senhor se opõe? — perguntei com um tom de raiva. — Ellie casou-se comigo e agora é súdita britânica. Então por que não poderia morar na Inglaterra?

— Não haveria motivo para não morar. Aliás, não há motivo para Fenella deixar de morar no país que bem entender, ou mesmo ter propriedades em mais de um país. Lembre-se que a casa em Nassau é sua, Ellie.

— Sempre achei que fosse de Cora. Ela sempre agiu como se fosse.

— Mas o título de propriedade foi conferido a você. É sua também a casa em Long Island, quando se der ao trabalho de visitar. Você é proprietária de um bom número de terrenos com petróleo no oeste.

Sua voz era amigável, agradável, mas eu tinha a sensação curiosa de que as palavras eram dirigidas a mim. Teria sido ideia dele insinuar uma discórdia entre mim e Ellie? Eu não tinha certeza. Não me pareceu muito sensato esfregar na cara de um homem que sua esposa era dona de propriedades mundo afora e que tinha uma riqueza fabulosa. No mínimo, eu pensaria que ele depreciaria os títulos de propriedade de Ellie, seu dinheiro e tudo mais. Se eu fosse um caça-fortunas, como ele obviamente pensava, seria apenas mais água ao moinho. Mas percebi que Mr. Lippincott era um homem sutil. Seria difícil saber aonde ele queria chegar, o que tinha em mente além de seu jeito plácido e agradável. Estaria ele tentando, a seu modo, me deixar desconfortável, fazer com que eu sentisse que seria taxado quase publicamente de caça-fortunas? Ele disse a Ellie:

— Trouxe comigo vários documentos que precisaremos repassar juntos, Ellie. Vou precisar de muitas assinaturas.

— Sim, claro, tio Andrew. A qualquer hora.

— Como você disse, a qualquer hora. Não há pressa. Tenho outros assuntos a tratar em Londres e devo ficar por dez dias.

Dez dias, pensei. É bastante tempo. Eu preferia que Mr. Lippincott não passasse dez dias aqui. Ele parecia amigável comigo, embora indicasse que, como se diz, ainda reservava seu julgamento em certos aspectos. Naquele momento, porém, me perguntei se era de fato meu inimigo. Se fosse, ele não seria o tipo de homem a abrir o jogo.

— Bem — disse ele —, agora que já nos conhecemos e chegamos a termo, como se diz, para o futuro, gostaria de uma breve entrevista com seu marido.

— Pode falar com nós dois — retrucou Ellie, enfurecida. Levei a mão a seu braço.

— Não precisa se agravar, minha linda, você não é uma galinha protegendo os pintinhos. — Eu a conduzi delicadamente até a porta que levava ao quarto. — Tio Andrew quer formar sua opinião a meu respeito. Está no direito dele.

Eu a guiei com gentileza pelas portas duplas. Fechei as duas e voltei ao aposento. Era uma sala de estar bela e ampla. Peguei uma cadeira e encarei Mr. Lippincott.

— Tudo bem — comecei. — Diga.

— Obrigado, Michael. Em primeiro lugar, quero lhe garantir que, tal como possa estar pensando, de modo algum sou seu inimigo.

— Bom, fico contente em saber — respondi, mas não soei muito seguro.

— Deixe-me falar com franqueza — disse Mr. Lippincott —, com mais franqueza do que eu poderia diante desta cara criança da qual sou guardião e pela qual nutro enorme carinho. Pode ser que ainda não a estime como tal, Michael, mas Ellie é uma moça das mais queridas e adoráveis que há.

— Não se preocupe. Estou decididamente apaixonado.

— Está longe de ser a mesma coisa — retrucou Mr. Lippincott em seu modo seco. — Espero que, tanto quanto esteja apaixonado, saiba estimar a pessoa preciosa e vulnerável que ela é.

— Tentarei. Creio que não terei que me esforçar. Ellie é maravilhosa.

— Então prosseguirei com o que ia dizer. Colocarei as cartas na mesa com franqueza absoluta. Você não é o tipo de jovem com quem eu desejava que Ellie se casasse. Preferia, assim como a família, que ela se casasse com alguém de seu meio, de sua estirpe...

— Um almofadinha, em outras palavras.

— Não, não só. Uma criação similar é, creio eu, desejável como base para o matrimônio. E não me refiro à postura esnobe. Afinal, Herman Guteman, avô dela, começou a vida como estivador. Acabou tornando-se um dos homens mais ricos do Estados Unidos.

— Até onde lhe concerne, posso ser igual — falei. — Posso acabar virando um dos homens mais ricos da Inglaterra.

— Tudo é possível. Você tem estas ambições?

— Não é apenas o dinheiro. Eu gostaria... Eu gostaria de chegar a algum lugar, fazer certas coisas e... — Hesitei, então parei.

— Então, tem ambição? Isto com certeza é bom.

— Estou começando com desvantagem — respondi —, começando do zero. Sou um nada e um ninguém, e não finjo ser diferente.

Ele assentiu em aprovação.

— Dito com toda franqueza e regiamente. Agradeço. Então, Michael, não tenho parentesco algum com Ellie, mas venho atuando como seu guardião. Sou um procurador, assim designado pelo avô dela, de todos seus negócios, gerenciando a fortuna e os investimentos. E assumo, portanto, certas responsabilidades por eles. Assim, quero saber tudo que puder sobre o marido que ela escolheu.

— Bem, creio que possa fazer todas as investigações a meu respeito e descobrir o que quiser com facilidade.

— Decerto — confirmou Mr. Lippincott. — Seria uma maneira de proceder. Uma precaução sagaz. Mas, na verdade, Michael, gostaria de saber tudo a seu respeito de você mesmo. Gostaria de ouvir sua própria versão de como foi sua vida até o momento.

É claro que não gostei. Ele sabia que eu não gostaria. Ninguém na minha posição gostaria. É natural dizer o melhor de si. Fiz questão de, da escola em diante, vangloriar-me um pouco de tudo, contando certas coisas, embelezando a verdade. Não tive vergonha. Creio que seja natural. Creio que seja o tipo de coisa que se tem que fazer caso queira seguir na vida. Vender o próprio peixe. As pessoas nos veem tal como nos valorizamos, e eu não queria acabar como aquele camarada das histórias de Dickens. Eles fazem leituras na TV, e vou dizer que dá um belo causo. Uriah qualquer coisa, o nome dele, sempre falando que era honesto e esfregando as mãos, enquanto fazia planos e esquemas por trás daquela humildade. Eu não queria ser assim.

Eu estava sempre a postos para me gabar um pouco com os camaradas que conhecia ou vender meu peixe ao patrão em potencial. Afinal, você *tem* um lado bom e um lado ruim, e não adianta nada mostrar o lado ruim e ficar enfatizando-o. Não, eu sempre consegui o melhor para mim descrevendo minhas atividades da melhor maneira possível. Mas não era o que me agradava fazer com Mr. Lippincott. Ele parecia fazer troça da ideia de investigações particulares a meu respeito, mas eu não tinha muita certeza de que ele não faria isso mesmo assim. Então dei-lhe a verdade nua e crua, como se diz.

Origens esquálidas, o fato de que meu pai era um bêbado, mas que tive uma boa mãe, que labutou bastante para me ajudar a ter instrução. Não fiz segredo de ser um sem rumo, que pulava de emprego em emprego. Ele foi bom ouvinte, me incentivou, se você me entende. Vez ou outra, porém, percebi como era astucioso. As perguntinhas que encaixava, ou comentários, comentários nos quais eu poderia cair precipitado, fosse para admitir ou negar.

Sim, tive certa sensação de que era melhor ser cauteloso e pisar em ovos. E depois de dez minutos, fiquei contente em vê-lo recostado na cadeira; a inquisição, se pudermos chamar assim, por mais que não tenha sido nem um pouco, aparentemente chegara ao fim.

— O senhor tem uma postura aventureira em relação à vida, Mr. Rogers... Michael. Não é de mal algum. Conte-me mais sobre a casa que você e Ellie estão construindo.

— Bem, é próxima a uma cidade chamada Market Chadwell.

— Sim, sei onde fica. A propósito, fui até lá conhecer. Ontem, para ser exato.

Aquilo me deixou um pouco pasmo. Revelou-me que era um sujeito ardiloso, apto a fazer bem mais do que se supunha.

— O local é lindo — falei, defendendo-me —, e a casa que estamos construindo será igualmente linda. O arquiteto é um camarada chamado Santonix. Rudolf Santonix. Não sei se o senhor já ouviu o nome, mas...

— Ah, sim — interrompeu Mr. Lippincott —, é um nome muito conhecido no meio dos arquitetos.

— Creio que já tenha feito trabalhos nos Estados Unidos.

— Sim, arquiteto de grande promessa e talento. Infelizmente, creio que não esteja bem de saúde.

— Ele acha que está morrendo — contei —, mas não acredito. Acredito que ele será curado, que vai melhorar. Médicos... Eles dizem qualquer coisa.

— Espero que seu otimismo seja justificado. Você é otimista.

— Sou, em relação a Santonix.

— Espero que tudo que deseja torne-se realidade. Devo dizer que creio que você e Ellie fizeram uma aquisição extremamente adequada ao comprarem a propriedade.

Achei agradável que o sujeito tenha usado a conjugação "comprarem". Não quis esfregar na minha cara que Ellie havia comprado por conta própria.

— Fiz uma consulta a Mr. Crawford...

— Crawford? — Franzi levemente o cenho.

— Mr. Crawford, da Reece & Crawford, firma de advocacia inglesa. Ele integrou a equipe que realizou a compra. É uma boa firma de advocacia, e entendo que a propriedade foi adquirida a preço baixo. Devo dizer que fiquei um pouco duvidoso diante do fato. Estou atualizado quanto aos preços de imóveis neste país e fiquei sem condições de explicar. Creio que o próprio Mr. Crawford tenha ficado surpreso com o custo tão barato. Fiquei pensando se o senhor mesmo sabia por que esta propriedade sairia tão barata. Mr. Crawford não apresentou opinião alguma a respeito. Aliás, pareceu levemente envergonhado quando lhe fiz a pergunta.

— Ah, bem — falei —, ela tem uma maldição.

— Perdão, Michael, mas o que disse?

— Uma maldição, senhor — expliquei. — A advertência da cigana, essas coisas. A propriedade é conhecida localmente como Passo do Cigano.

— Ah. Ela tem uma história?

— Sim, que me parece bastante confusa, e não sei o quanto foi inventado e quanto seria verdade. Houve um homicídio ou algo assim, há muito tempo. Um homem, sua esposa e outro homem. Há histórias de que o marido disparou contra os dois amantes e depois contra si. Ou foi o veredito que deram. Mas corre todo tipo de outras histórias. Creio que ninguém saiba ao certo o que ocorreu. Foi há um bom tempo. O terreno trocou de mãos quatro ou cinco vezes desde então, mas ninguém fica lá por muito tempo.

— Ah — respondeu Mr. Lippincott, interessado —, sim, uma boa dose de folclore inglês. — Ele me dirigiu um olhar curioso. — E você e Ellie não têm medo da maldição? — perguntou com leveza e um sorrisinho.

— Claro que não. Nem eu nem Ellie acreditamos nestas bobagens. Na verdade, é uma sorte, pois foi por isso que conseguimos pagar barato. — Quando falei aquilo, um pensamento abrupto me ocorreu. Foi sorte em um sentido, mas pensei que, com todo dinheiro e propriedades e tudo mais de Ellie, não fazia diferença se ela comprasse terras a preço baixo ou mais alto. Então pensei que não, que eu estava errado. Afinal, ela teve um avô que passou de serviçal nas docas a milionário. Qualquer pessoa assim sempre gostaria de comprar barato e vender caro.

— Bem, não sou supersticioso — disse Mr. Lippincott —, e a vista da sua propriedade é realmente magnífica. — Ele fez uma pausa. — Só espero que, quando mudarem-se para a casa, Ellie não ouça tantas dessas histórias que correm.

— Eu a protegerei de todas que puder. Creio que ninguém lhe dirá nada.

— O povo de vilarejos do interior gosta muito de repetir histórias como esta. E Ellie, lembre-se, não é durona como você, Michael. Ela é facilmente influenciável. De algumas maneiras. O que me faz pensar... — Ele parou sem prosseguir nem explicar o que se passava. Bateu na mesa com o indicador. — Agora vou tratar com você de um assunto que envolve certa dificuldade. Você disse há pouco que *não* conheceu Greta Andersen.

— Não. Como disse, não a conheci.

— Estranho. Curioso.

— Então? — Olhei para ele, interrogativo.

— É de se pensar com quase certeza que você a teria conhecido — disse ele lentamente. — O quanto sabe a respeito dela?

— Sei que está com Ellie há um bom tempo.

— Desde que Ellie tinha dezessete anos. Ela ocupa um cargo de certa responsabilidade e confiança. De início veio aos Estados Unidos para desempenhar a função de secretária e acompanhante. Uma espécie de dama de companhia de Ellie quando Mrs. Van Stuyvesant, sua madrasta, não estivesse em casa, o que devo dizer que era frequente. — Ele usou um tom especialmente seco. — Ela é, entendo, de bom berço e com excelentes referências, meio-sueca e meio-alemã. Ellie ficou, naturalmente, muito ligada a ela.

— Assim havia entendido.

— De certo modo, Ellie e ela ficaram, eu diria, quase ligadas demais. Não se importa que eu comente?

— Não. Por que me importaria? A propósito, eu... Bem, isso também me ocorreu uma ou duas vezes. Greta isto e Greta aquilo. Fiquei... Bom, sei que não me compete, mas às vezes ficava fulo.

— E ainda assim ela não expressou vontade de que você conhecesse Greta?

— Bom — respondi —, é difícil explicar. Mas creio que sim, creio que ela deve ter sugerido de forma atenuada uma ou duas vezes, mas, bem, estávamos muito fascinados um com o outro. Além disso, oras, creio que eu não quisesse conhecer Greta. Não queria dividir Ellie com ninguém.

— Entendo. Sim, entendo. Ellie não sugeriu que Greta estivesse presente em seu casamento?

— Sim, ela sugeriu.

— Mas... mas você não queria que ela fosse. Por quê?

— Não sei. Não sei mesmo. Apenas senti que esta Greta, esta garota ou mulher que nunca conheci, estava sempre se intrometendo em tudo. Você sabe, preparando a vida de Ellie para ela. Enviando cartões-postais e cartas e fazendo as vezes de Ellie, preparando todo um itinerário para comunicar à família. Eu sentia que, em certo sentido, Ellie era dependente de Greta, que deixava Greta gerenciá-la, que faria tudo que Greta quisesse. Eu... ah, desculpe, Mr. Lippincott, talvez eu nem devesse comentar tudo isto. Digamos que eu estava puramente com ciúmes. Enfim, estourei e disse que não queria Greta no casamento, que o dia era nosso, que era apenas da nossa conta e de mais ninguém. E assim fomos ao Registro Civil, e o escrivão e a datilógrafa do cartório foram nossas testemunhas. Ouso dizer que foi insensível da minha parte recusar Greta no local, mas eu queria Ellie só para mim.

— Entendo. Sim, entendo, e penso, se me permite dizer, que foi inteligente da sua parte, Michael.

— O senhor também não gosta de Greta — observei astuciosamente.

— Não pode usar a palavra "também", Michael, se ainda não a conhece.

— Não, eu sei, mas quero dizer que, quando se ouve tanto a respeito de uma pessoa, pode-se formar uma ideia dela, algum juízo. Enfim, que chame de puro ciúme. Por que o *senhor* não gosta de Greta?

— Falo sem preconceito, mas você é marido de Ellie, Michael, e tenho a felicidade de Ellie em mais alta conta. Não creio que a influência de Greta sobre Ellie seja das mais desejáveis. Ela toma muito para si.

— O senhor acha que ela tentará criar problemas entre nós?

— Creio — respondeu Mr. Lippincott — que não tenho o direito de dizer nada neste sentido.

Ele ficou me fitando com cautela e piscando como uma velha tartaruga enrugada.

Eu não sabia o que dizer a seguir. Ele falou primeiro, escolhendo as palavras com certo cuidado.

— Não há, portanto, sugestão de que Greta Andersen venha a firmar residência com vocês?

— Não se eu puder impedir.

— Ah. Então é o que pensa? A ideia *foi* sugerida.

— Ellie comentou algo neste sentido. Mas somos recém-casados, Mr. Lippincott. Queremos nossa casa, nossa casa nova, para nós. É evidente que ela poderá vir e se hospedar por vezes, creio eu. Será natural.

— Como diz, seria o natural. Mas talvez tenha notado que Greta pode estar em situação difícil em relação à empregabilidade. Digo: não é uma questão do que *Ellie* pensa sobre ela, mas do que sentem as pessoas que a contrataram e depositaram confiança nela.

— Ou seja, nem o senhor nem Mrs. Van Não-sei-o-quê a recomendarão para outro posto da mesma espécie?

— É improvável que o façam, a não ser que sejam obrigados a satisfazer questões jurídicas.

— E o senhor acha que ela vai querer vir à Inglaterra e morar com Ellie.

— Não quero estimular preconceitos contra Greta. Afinal, isto é mais da minha mente. Desgosto de algumas coisas que ela fez e do modo como fez. Creio que Ellie, que tem um coração deveras generoso, ficará triste por ter, digamos, arruinado os prospectos de Greta. Ela pode insistir, por impulso, que Greta venha morar com vocês.

— Não creio que Ellie venha a insistir — falei, devagar. Ao mesmo tempo soei preocupado, e acho que Lippincott percebeu. — Mas não poderíamos... Ellie, no caso... Ellie não poderia dar uma pensão a Greta?

— Não deveríamos colocar exatamente nestes termos. Sugere-se certa idade ao dar pensão a uma pessoa, e Greta é jovem, além do que, devo dizer, uma jovem muito formosa. Belíssima, aliás — disse com tom de reprovação. — Ela também é muito atraente para os homens.

— Bom, talvez ela se case — sugeri. — Se ela é tudo isso, por que não se casou antes?

— Houve alguns interessados, creio eu, mas ela não lhes deu consideração. Penso, contudo, que sua sugestão seja muito sensata. Suponho que possa ser posta em prática de maneira que não se imponha às suscetibilidades de ninguém. Pode parecer algo natural a se fazer, agora que Ellie atingiu a maioridade e visto que o casamento foi auxiliado pelos serviços de Greta... pagar uma certa quantia em tom de gratidão. — Mr. Lippincott fez as últimas palavras soarem azedas como limonada.

— Bom, então não vejo problema — concluí, com o rosto alegre.

— Vejo mais uma vez que é um otimista. Torçamos para que Greta aceite o que lhe é oferecido.

— Por que não aceitaria? Ela seria louca em não aceitar.

— Não sei. Devo dizer que seria extraordinário se ela não aceitasse, e elas continuarão em termos amigáveis, é claro.

— O senhor acha... O *que* o senhor acha?

— Eu gostaria que se rompesse a influência que a moça tem sobre Ellie — respondeu Mr. Lippincott. Ele levantou-se. — Você, assim espero, me auxiliará e fará de tudo para que alcancemos este fim?

— Pode apostar que sim. A última coisa que quero é Greta em nossa cola o tempo todo.

— Você pode mudar de ideia quando a conhecer.

— Creio que não. Não gosto de lidar com mulheres, por mais eficientes e formosas que sejam.

— Obrigado, Michael, por me escutar com tanta paciência. Espero que me dê o prazer de aceitar um convite para jantar. Que ambos me deem. Quem sabe na próxima terça-feira à noite? Cora van Stuyvesant e Frank Barton provavelmente estarão em Londres.

— E imagino que eu precise conhecê-los?

— Ah, é certo que sim, dado que é inevitável. — Ele sorriu para mim, parecendo mais genuíno que antes. — Você não deve dar muita atenção. Cora, imagino, será bastante rude. Frank será apenas indelicado. Reuben não estará presente.

Eu não sabia quem era Reuben. Outro parente, supus.

Fui às portas duplas e as abri.

— Venha, Ellie — chamei —, o achaque acabou.

Ela voltou à sala e olhou rapidamente de Lippincott para mim, então atravessou o recinto e lhe deu um beijo.

— Querido tio Andrew — disse. — Já vi que foi gentil com Michael.

— Bom, minha cara, se eu não fosse gentil com seu marido, você não teria grande utilidade para minha pessoa, não é? Reservo o direito de lhe dar alguns conselhos vez por outra. Você é muito jovem. *Vocês* são.

— Tudo bem — respondeu Ellie —, vamos escutar com toda paciência.

— Agora, minha cara, gostaria de uma palavrinha com *você*, se me permite.

— Minha vez de ficar de fora — comentei, e me dirigi ao quarto.

Fechei as portas duplas com ostentação, mas abri a interna de novo depois de entrar. Eu não tinha a educação de Ellie, por isso estava um pouco nervoso para descobrir se Mr. Lippincott podia provar-se duas caras. Mas na verdade não houve nada que eu precisasse ter escutado. Ele deu um ou dois conselhos sapientes a Ellie. Disse que ela deve perceber que talvez eu achasse difícil ser um homem pobre casado com uma mulher rica, e depois passou a sondá-la quanto à possibilidade de fazer um acordo com Greta. Ela concordou com avidez e respondeu que ia mesmo lhe perguntar a respeito. Ele também sugeriu que ela fizesse um acordo extra com Cora van Stuyvesant.

— Não há qualquer necessidade de fazê-lo — disse ele. — Ela está muito bem resguardada devido às pensões de vários maridos. E, como sabe, ela tem uma renda, embora não muito grande, do fundo deixado pelo seu avô.

— Mas o senhor acha que eu deveria lhe dar mais?

— Creio que não há obrigação legal nem moral de fazê-lo. O que penso é que você a tornará menos incômoda e, digamos, megera se agir deste modo. Eu deveria propor na forma de uma renda incrementada, que você poderia revogar a qualquer momento, caso descubra que ela vem espalhando rumores maldosos sobre Michael, sobre você, ou sobre sua vida conjugal. O fato de ela saber que você pode fazer isso vai conter as farpas mais venenosas que ela sabe muito bem como plantar.

— Cora sempre me odiou. Eu sempre soube. — Então complementou com certa timidez: — O senhor gostou de Michael, não gostou, tio Andrew?

— Penso que é um jovem extremamente atraente — respondeu Mr. Lippincott. — E consigo ver por que decidiu casar-se com ele.

Aquilo, imagino, era o melhor que eu poderia esperar. Eu não era exatamente o tipo dele, e sabia. Encostei a porta com toda delicadeza, e em questão de um ou dois minutos Ellie foi me buscar.

Estávamos os dois de pé para nos despedirmos de Lippincott quando ouvimos uma batida na porta e um mensageiro chegou com um telegrama. Ellie o abriu. Ela deu um gritinho de surpresa.

— É a Greta — exclamou. — Ela chega a Londres hoje à noite e vem nos ver amanhã! Que querida. — Ela olhou para nós dois. — Não é?

Ela viu dois rostos azedos e ouviu duas vozes polidas dizerem “Sim, minha cara, com certeza” e “É claro”.

Capítulo 11

Na manhã seguinte, eu saí para fazer compras e voltei ao hotel muito depois do planejado. Encontrei Ellie sentada no saguão e, à sua frente, uma jovem loira e alta. Greta, enfim. As duas falavam pelos cotovelos.

Nunca tive muito jeito para descrever pessoas, mas arriscarei uma descrição de Greta. Para começo de conversa, não havia como negar que ela era, como Ellie dissera, linda, e também, como Mr. Lippincott admitira com certa relutância, formosa. Não são coisas iguais. Se você chama uma mulher de formosa, não quer dizer que a admira. Mr. Lippincott, pelo que entendi, não admirava Greta. Ao mesmo tempo, quando Greta caminhava pelo lobby de um hotel ou por um restaurante, cabeças masculinas viravam para acompanhá-la. Ela era do tipo nórdico, a loira com cabelos da pura cor do milho dourado. Estavam amarrados em um coque no alto da cabeça, conforme a moda da época, e não à moda Chelsea de deixá-los escorridos pelas laterais do rosto. Ela aparentava o que de fato era, sueca ou alemã. Aliás, bastaria um par de asas para que se tornasse a Valquíria de uma festa à fantasia chique. Seus olhos eram azul-claros e seus contornos admiráveis. Vamos admitir. Ela impressionava!

Cheguei aonde as duas estavam sentadas e me juntei a elas, cumprimentando ambas da maneira que me pareceu natural e simpática, embora não pudesse deixar de me sentir um pouco incomodado. Nem sempre sou bom em encarnar um personagem. Ellie falou na mesma hora.

— Finalmente, Mike: esta é a Greta.

Falei que imaginava que fosse, de modo brincalhão e não muito contente. E completei:

— Fico muito feliz em finalmente conhecê-la, Greta.

Ellie comentou:

— Como você muito bem sabe, não fosse por Greta, nós nunca teríamos conseguido nos casar.

— E ainda assim conseguimos.

— Não se a família houvesse caído em cima de nós como uma bigorna. Eles teriam impedido de algum modo. Conte-me, Greta, eles foram muito terríveis? — perguntou Ellie. — Você não me escreveu nem me contou nada a respeito.

— Sei que não vale a pena — respondeu Greta — quando um casal está feliz em lua de mel.

— Mas ficaram furiosos com você?

— É claro! Você imaginava o quê? Mas eu estava preparada, pode ter certeza de que estava.

— O que disseram ou fizeram?

— Tudo que podiam — contou Greta, toda satisfeita. — A começar pela demissão, naturalmente.

— Sim, imagino que seria inevitável. Mas... Mas o que você fez? Afinal, eles não podem se recusar a passar suas referências.

— Claro que podem. Afinal, do ponto de vista deles, eu estava em posição de confiança e vergonhosamente abusei desta posição. — Ela complementou: — E gostei de fazer isso.

— Mas o que fará agora?

— Ah, já tenho um emprego em vista.

— Em Nova York?

— Não. Aqui em Londres. Secretariado.

— Mas você está bem?

— Querida Ellie — disse Greta —, como eu não estaria bem com aquele adorável cheque que você me enviou, prevendo o que aconteceria quando o gato subisse no telhado?

O inglês de Greta era muito bom, quase sem rastros de sotaque, embora ela utilizasse coloquialismos que não me pareciam bem encaixados.

— Já vi algo do mundo, acomodei-me em Londres e comprei várias coisas.

— Mike e eu também compramos bastante coisa — declarou Ellie, sorrindo ao lembrar-se.

Era verdade. Tínhamos nos dado muito bem com nossas compras no continente. Era maravilhoso termos dólares a gastar, nenhuma restrição incômoda do Fisco. Brocados e tecidos na Itália, para a casa. E quadros também, tanto na Itália quanto em Paris, pagando o que me pareciam somas fabulosas. Um mundo inteiro se abriu para mim, um que eu nunca sonhei que teria.

— Vocês dois parecem incrivelmente felizes — comentou Greta.

— Você ainda não viu nossa casa — disse Ellie. — Vai ser maravilhosa. Exatamente como sonhávamos, não é, Mike?

— Eu já vi — contou Greta. — No dia em que voltei à Inglaterra, contratei um carro e fui até lá.

— E então? — perguntou Ellie.

Quis saber o mesmo.

— Então — falou Greta, pensativa. Ela girou a cabeça para um lado, depois para o outro.

Ellie pareceu entristecida, pega de surpresa, mas eu não me convenci. Na hora percebi que Greta estava brincando conosco. Por mais que a brincadeira não tenha tido tanta graça, também não ganhou tempo para se assentar. Greta estourou em uma gargalhada, uma risada musical que fez outras pessoas voltarem-se para nós.

— Vocês deveriam ter visto as caras de vocês — disse ela —, principalmente a sua, Ellie. Eu queria provocá-la, só um pouquinho. É uma casa maravilhosa, adorável. Aquele homem é um gênio.

— Sim — concordei —, ele é extraordinário. Espere só até conhecê-lo.

— Já o conheci — respondeu Greta. — Ele estava lá no dia em que passei. Sim, uma pessoa extraordinária. Dá um certo medo, não acham?

— Medo? — perguntei, surpreso. — Em que sentido?

— Ah, não sei. É como se ele olhasse através de você e... Bom, enxergasse até o outro lado. Isto me deixa desconcertada. — Então concluiu: — Ele parece muito doente.

— Está doente. Muito doente — confirmei.

— Uma pena. O que ele tem? Tuberculose, ou algo do tipo?

— Não — respondi —, não creio que seja tuberculose. Creio que seja algo relacionado a... hum, ao sangue.

— Ah, compreendo. Hoje em dia os médicos fazem quase de tudo, não é? A não ser que matem você quando querem curar. Mas não vamos pensar nisso. Vamos pensar na casa. Quando será finalizada?

— Em breve, ao que parece. Eu não imaginava que fosse possível construir uma casa tão depressa — comentei.

— Ah — falou Greta, despreocupada —, isso é o dinheiro. Turnos duplos, bônus e tudo o mais. Nem você sabe, Ellie, a maravilha que é ter todo esse dinheiro que tem.

Mas *eu* sabia. Eu vinha aprendendo, aprendendo muita coisa nas últimas semanas. Por conta do casamento, eu havia ingressado em um mundo totalmente diferente, e não era o tipo de mundo que eu imaginava visto de fora. Até então, acertar uma dupla fora o maior contato com a riqueza que eu já tivera na vida. Era uma pilha de dinheiro que entrava, que eu gastava o mais depressa possível no que pudesse esbanjar. Imaturo, eu sei. A crueza da minha classe. Mas o mundo de Ellie era diferente. Não era o que eu pensava que seria. Apenas mais e mais luxo. Não eram banheiros imensos e casas maiores, nem mais eletrodomésticos, nem refeições maiores e carros mais velozes. Não era apenas o gasto pelo gasto e a exibição a quem estivesse por perto. Na verdade, era curiosamente simples. O tipo de simplicidade que acontece quando você vai além da ostentação por pura ostentação. Você não vai querer três iates ou quatro carros e não pode comer mais de três refeições por dia, e se compra um quadro muito bonito do preço mais alto, possivelmente não vai querer mais que um por aposento. É simples assim. O que você tiver é o melhor que há, não só por ser o melhor, mas porque não há motivo, caso você goste ou queira algo específico, para não tê-lo. Não há momento em que se diz: "Infelizmente não tenho como pagar." Por isso, o estranho resultado é uma curiosa simplicidade que eu me esforçava para entender. Estávamos pensando a respeito de um quadro impressionista francês, creio que fosse um Cézanne. Tive que me dedicar para aprender o nome. Sempre confundia com *tzigane*, que entendo que seja uma orquestra cigana. Então, enquanto andávamos pelas ruas de Veneza, Ellie parou para ver alguns artistas de rua. No geral eles faziam quadros terríveis para turistas, que pareciam todos iguais. Retratos com fileiras de dentes brilhantes, cabelos loiros escorrendo pelo pescoço.

No entanto ela comprou um quadro minúsculo, a cena de um canal vislumbrado ao fundo. O homem que o pintara avaliou nossa aparência e nos cobrou seis libras no câmbio inglês. O engraçado foi que percebi muito bem que Ellie teve a mesma ânsia por aquele quadro de seis libras que tivera pelo Cézanne.

Foi a mesma coisa em um dia em Paris. De repente ela me disse:

— Que divertido seria... Vamos pegar um desses pães franceses bem crocantes, manteiga e um desses queijos embrulhados com folhas.

Assim fizemos, e Ellie, creio eu, apreciou essa refeição mais que a feita na noite anterior, cuja conta somara aproximadamente vinte libras. De início eu não entendia, então comecei a perceber. O incômodo era que agora eu notava que ser casado com Ellie não era apenas diversão. É preciso fazer o dever de casa, aprender a entrar em um restaurante, que tipo de coisas pedir, as devidas gorjetas e sabe-se lá quando deu mais gorjeta do que devia. Você precisa lembrar o que se bebe com certos pratos. Tive que fazer tudo por observação. Não podia perguntar a Ellie, porque é uma das coisas que ela não entenderia. Ela diria: "Mas, meu querido Mike, você pode pedir o que quiser. De que importa se os garçons pensarem que você devia tomar tal vinho com tal coisa?" Para ela, não faria diferença, pois ela nasceu neste meio, mas importava para mim porque eu não podia fazer o que bem entendesse. Simples assim. Era o mesmo com roupas. Neste caso, Ellie era mais prestativa, pois entendia melhor. Ela me orientava até os lugares certos e me dizia para aceitar as coisas tais como eram.

É claro que eu não tinha a aparência nem o timbre certo. Mas isto não importava tanto. Eu havia captado o jeito certo, pelo menos o suficiente para passar em revista com gente como Lippincott, e em breve, imagino, com a madrasta e os tios de Ellie, quando aparecessem. Mas, na verdade, nada disso teria importância no futuro. Quando a casa estivesse pronta e nós nos mudássemos, ficaríamos longe de todos. Lá poderia ser nosso reino. Olhei para Greta, sentada à minha frente. Fiquei me perguntando o que exatamente ela achava da nossa casa. Enfim, era o que eu queria. A casa me satisfazia por completo. Eu queria ir até lá de carro, passar por uma trilha privada entre as árvores e chegar a uma pequena enseada que seria nossa praia, à qual ninguém chegaria por terra. Seria mil vezes melhor, pensei, lançar-se ao mar ali. Mil vezes melhor do que uma cadeira na praia com centenas de turistas deitados. Eu não queria toda a riqueza *sem sentido*. Eu queria... Lá vinham as minhas palavras de sempre: eu quero, eu quero... Sentia todas aquelas sensações elevando-se dentro de mim. Eu queria uma mulher maravilhosa e uma casa maravilhosa, que fosse diferente das que todos têm, e queria que minha casa maravilhosa fosse repleta de maravilhas. Maravilhas que fossem *minhas*. Tudo seria meu.

— Ele está pensando na nossa casa — disse Ellie.

Ao que parece, ela já havia me sugerido duas vezes que entrássemos na sala de jantar. Olhei para ela afetuosamente.

No mesmo dia, naquele fim de tarde, quando nos preparávamos para o jantar, Ellie perguntou com certa hesitação:

— Mike, você... você gostou da Greta, não gostou?

— Claro que sim.

— Eu não ia aguentar se você não gostasse.

— Mas eu gostei — protestei. — O que a faz pensar que não?

— Não tenho certeza. Acho que é porque você mal olha para ela, mesmo quando está conversando.

— Bom, creio que seja... Bom, porque fico nervoso.

— Nervoso com Greta?

— Sim. Ela é um pouco imponente, entende?

E contei a Ellie que eu achava Greta muito parecida com uma Valquíria.

— Não robusta como as da ópera — comentou Ellie antes de rir. Nós dois rimos.

— Por você tudo bem, pois a conhece há anos. Mas ela é um pouco... Bom, ela é muito eficiente, pragmática, sofisticada. — Relutei com as palavras, que não me pareceram as mais certas. Falei de supetão. — Eu me sinto... Eu me sinto em desvantagem.

— Ah, Mike! — Ellie teve um ataque de consciência. — Sei que temos muito a conversar. Piadas internas e coisas que aconteceram e tudo mais. Eu imagino... Sim, imagino que vá ficar acanhado. Mas logo você e ela serão amigos. Ela gostou de você. Gostou muito. Ela mesma disse.

— Mas veja, Ellie, era muito provável que ela dissesse isso.

— Não, não era. Greta fala o que pensa. Você ouviu. Lembra de tudo o que ela disse hoje?

Sim, era fato que Greta não medira as palavras durante o almoço. Ela falara, dirigindo-se a mim e não a Ellie:

— Você deve ter achado esquisito, quem sabe, o modo como eu apoiava Ellie sem nem o conhecer. Mas é que eu estava tão fula... tão fula com a vida que obrigavam-na a levar. Atada, dentro de um casulo, com o dinheiro deles, com as ideias deles do que é tradicional. Ela nunca teve chance de aproveitar, de ir por conta própria aonde quisesse, de fazer o que bem entendesse. Ela queria se rebelar, mas não sabia como. E assim... sim, é justamente isso, eu a instiguei. Disse que ela deveria buscar imóveis na Inglaterra. Então sugeri que, quando ela tivesse 21 anos, poderia comprar a casa dela e dar adeus a todo esse povo de Nova York.

— Greta sempre me deu ideias maravilhosas — comentou Ellie. — Ela pensa em coisas que eu nunca pensaria.

Como era mesmo que Mr. Lippincott havia falado? "Ela tem influência demais sobre Ellie." Fiquei pensando se era verdade. Curiosamente, não concordei. Eu acreditava que havia algo de essencial em Ellie que Greta, muito embora a conhecesse bem, nunca soubera estimar. Eu tinha certeza de que Ellie sempre aceitaria quaisquer ideias que combinassem com as que ela mesma gostaria de ter. Greta pregara rebeldia, mas era a própria Ellie que queria se rebelar, sem saber ao certo como. Eu achava que Ellie, agora que começava a conhecê-la melhor, era uma dessas pessoas simples que tem reservas de força inesperadas. Achava que ela seria plenamente capaz de tomar atitudes por conta própria, se assim quisesse. A questão é que muitas vezes ela não queria, e pensei então em como era difícil entender os outros. Até Ellie. Até Greta. Até, quem sabe, minha própria mãe... E o jeito como ela me olhava, com medo nos olhos.

Fiquei pensando em Mr. Lippincott. Falei, enquanto descascávamos enormes pêssegos:

— Mr. Lippincott parece ter aceitado muito bem nosso casamento. Fiquei surpreso.

— Mr. Lippincott — respondeu Greta — é uma raposa velha.

— É o que você sempre diz, Greta — afirmou Ellie —, mas considero-o muito querido. Muito rigoroso, correto e tudo mais.

— Bom, pode seguir pensando assim, se quiser — retrucou Greta. — Da minha parte, não confio nem por um segundo.

— Você não confia nele? — exclamou Ellie.

Greta fez que não.

— Eu sei. Ele é um pilar do respeito e da confiança. É tudo que um procurador e advogado deveria ser.

Ellie riu e disse:

— Está dizendo que ele desfalcou minha fortuna? Não seja tola, Greta. Há milhares de auditores, bancos, controles e todo tipo de coisa.

— Ah, eu imagino que esteja tudo certo — admitiu Greta. — Do mesmo modo, há gente que desfalca. Os confiáveis. E depois todo mundo vai dizer: "Nunca esperaria isto de Mr. Fulano ou de Mr. Sicrano. Qualquer um menos ele." É bem o que dizem. "Qualquer um menos ele."

Ellie disse que, na sua opinião, tio Frank tinha muito mais probabilidade de ser desonesto. Ela não pareceu injustamente preocupada nem surpresa com a ideia.

— Ah, ele parece mesmo um pilantra — concordou Greta. — É o que o limita já de começo. Tanta afabilidade, tanta bonomia. Mas ele nunca terá condições de ser um vigarista de monta.

— Ele é irmão da sua mãe? — perguntei, porque sempre me confundia com os parentes de Ellie.

— Ele foi marido da irmã do meu pai — explicou Ellie. — Ela o deixou e casou com outro, mas morreu há seis ou sete anos. Tio Frank, digamos assim, grudou na família.

— São três — informou Greta, gentil e prestativa. — Três tubarões sempre rondando, como é de se dizer. Os tios verdadeiros de Ellie foram mortos, um na Coreia e outro em um acidente de carro, então o que ela tem é uma madrasta perturbada, um tio Frank, que é um parasita afável na casa da família, e o primo Reuben, que ela chama de tio mas é primo, além de Andrew Lippincott e Stanford Lloyd.

— Quem é Stanford Lloyd? — perguntei, estupefato.

— Ah, é um advogado, mas de outro tipo, não é, Ellie? De qualquer modo, ele cuida de seus investimentos e coisas assim. O que não pode ser tão difícil, pois quando se tem tanto dinheiro quanto Ellie, ele rende o tempo todo sem que a pessoa precise mexer um dedo. Este é o círculo principal, e você conhecerá todos muito em breve, não tenha dúvida. Logo eles virão dar uma espiada em você.

Resmunguei e olhei para Ellie, que falou com toda delicadeza e doçura:

— Não dê bola, Mike. Logo eles vão embora.

Capítulo 12

E eles vieram. Nenhum ficou muito tempo. Não daquela vez, não na primeira visita. Vieram só para dar uma espiada. Achei difícil entender o que diziam, pois, afinal, eram americanos. Eram figuras com as quais eu não estava acostumado. Alguns eram agradáveis. Tio Frank, por exemplo. Concordei com Greta: não lhe daria nem um palmo de confiança. Já tinha conhecido figuras assim na Inglaterra. Era um homem grande, com uma pancinha e bolsas sob os olhos que lhe davam um aspecto dissoluto, o que imagino não estar muito longe da verdade. Fiquei reparando que tinha um olho para rabos de saia e outro para oportunidades. Pegou dinheiro emprestado comigo uma ou duas vezes; quantias pequenas, por assim dizer, apenas algo para se manter por um, dois dias. Achei que não foi tanto porque precisasse do dinheiro, mas porque queria me testar, para ver se eu emprestava sem complicações. Foi um pouco preocupante, pois eu não sabia qual era a reação certa. Teria sido melhor recusar na hora e deixar claro que sou mão de vaca ou assumir uma aparência de generosidade e despreocupação, algo que eu estava longe de ter? Que se dane o tio Frank, pensei.

Cora, madrasta de Ellie, era quem mais me interessava. Uma mulher de seus quarenta anos, elegante, com cabelos tingidos e jeito efusivo. Com Ellie, era pura doçura.

— Não dê atenção às cartas que lhe escrevi, Ellie — pediu ela. — Há de admitir que foi um grande choque: você, casada, desta forma. Tão discreta. Mas é óbvio que sei que foi Greta quem armou tudo para você agir desta maneira.

— A senhora não pode culpar Greta — disse Ellie. — Eu não queria magoá-los. Só pensei que... Bom, quanto menos alvoroço...

— Ora, é claro, Ellie, querida, você tem algo de muito bom. Todos os homens de negócios ficaram pálidos. Stanford Lloyd, Andrew Lippincott. Imagino que tenham pensado que seriam culpados por não terem cuidado de você. E é claro que não tinham ideia de como Mike seria. Não sabiam como é encantador. Nem eu sabia.

Ela sorriu para mim, um dos sorrisos mais carinhosos e falsos que já vi na vida! Pensei com meus botões que, se uma mulher já odiou um homem, era Cora que me odiava. Achei que sua doçura com Ellie era compreensível. Andrew Lippincott havia retornado aos Estados Unidos e, indubitavelmente, lhe dado alguns conselhos. Ellie estava vendendo alguns imóveis no país natal, já que havia decidido morar na Inglaterra, mas deixaria um bom estipêndio para Cora, de modo que ela poderia morar onde bem entendesse. Ninguém falava muito do marido dela. Entendi que ele já havia partido para outra parte do mundo, e não sozinho. Era de suma probabilidade, captei, que havia mais um divórcio no horizonte. Deste, porém, não sairia grande pensão. O último casamento de Cora fora com um homem muitos anos mais novo, com mais atrativos físicos do que grana.

Cora queria seu estipêndio. Era uma mulher de gostos extravagantes. Não restava dúvida de que Andrew Lippincott havia sugerido com toda clareza que o acordo acabaria assim que Ellie bem entendesse, ou caso Cora se esquecesse de que não podia criticar o novo marido da afilhada com tanta virulência.

O tio Reuben, ou primo, não compareceu. Em vez disso, enviou a Ellie uma carta agradável e neutra, desejando-lhe felicidades, mas duvidando que ela fosse gostar de morar na Inglaterra. "Se não gostar, Ellie, volte imediatamente aos

Estados Unidos. E não pense que não será bem-vinda, pois será. Pelo seu tio Reuben, certamente."

— Parece uma pessoa agradável — falei a Ellie.

— Sim — respondeu ela, pensativa. Fiquei com a impressão de que não tinha tanta certeza disso.

— Você sente afeto por algum deles, Ellie? — perguntei. — Ou eu não deveria perguntar?

— Você pode me perguntar o que quiser. — Mesmo assim, ela parou por alguns instantes antes de responder. Então falou, com certo tom de decisão: — Não, creio que eu não sinta. Pode parecer estranho, mas creio que seja porque eles não me pertencem. É uma questão de ambiente, não de relações. Nenhum é sangue do meu sangue. Eu amei meu pai, o que me lembro dele. Acho que foi um homem muito fraco, e imagino que meu avô tenha se decepcionado por ele não ter tino para negócios. Não queria entrar no mundo empresarial. Gostava de ir à Flórida, pescar, essas coisas. E depois se casou com Cora, e eu nunca dei muita bola para ela. Nem ela me deu muita atenção, no caso. Da minha própria mãe, obviamente não me recordo. Eu gostava do tio Henry e do tio Joe. Eram divertidos. Mais divertidos que meu pai, em certo sentido. Ele, penso eu, era um homem de silêncios, triste. Mas os tios eram animados. Acho que tio Joe era um pouco desvairado, do tipo desvairado só por ter pilhas de dinheiro. Enfim, foi ele quem se estourou no carro, e o outro foi morto em combate, na guerra. Meu avô estava doente na época, e perder os três filhos foi um golpe terrível. Ele não gostava de Cora e não dava bola para os parentes mais distantes. Tio Reuben, por exemplo. Ele dizia que nunca sabia qual era a de Reuben. Por isso que tomou todas as providências para deixar seu dinheiro em um fundo. Grande parte foi para museus e hospitais. Ele deixou Cora financeiramente bem, assim como o marido da filha, tio Frank.

— Mas a maior parte ficou para você?

— Sim. E acho que isso o deixou um pouco preocupado. Ele fez o possível para que eu fosse bem cuidada.

— Pelo tio Andrew e por Mr. Stanford Lloyd. Um advogado e um banqueiro.

— Sim. Imagino que não achasse que eu mesma daria conta. O estranho é que ele deixou eu ficar com tudo aos 21 anos. Não guardou em fundo até meus 25, como fazem muitos. Creio que pelo fato de eu ser menina.

— Que estranho — comentei. — A mim parece que devia ser o contrário.

Ellie balançou a cabeça.

— Não — disse. — Creio que meu avô achasse que homens jovens sempre eram desvairados e enlouquecidos, que seriam dominados por loiras com desígnios malignos. Creio que tenha pensado que seria melhor eles terem bastante tempo para "curtir a vida". É como se diz aqui na Inglaterra, não é? Mas uma vez ele me disse: "Se uma moça for de bom senso, já o será aos 21. Não faria diferença alguma mandar que esperasse mais quatro anos. Se for uma tola, já será igualmente tola." Ele também disse — Ellie olhou para mim e sorriu — que não achava que *eu* fosse tola. Falava: "Você pode não saber muita coisa da vida, mas tem bom senso, Ellie. Principalmente quanto às pessoas. Creio que sempre terá."

— Imagino que ele não fosse gostar de mim — sugeri, pensativo.

Ellie era muito honesta. Ela não tentava me tranquilizar dizendo algo que não fosse indubitavelmente verdade.

— Não — concordou ela. — Acho que ele ficaria horrorizado. No início, imagino. Ele teria que se acostumar a você.

— Pobre Ellie — falei de repente.

— Por que diz isso?

— Eu já lhe disse isso uma vez, lembra?

— Sim. Você me chamou de pobre menina rica. E tinha razão.

— Desta vez não foi no mesmo sentido. Não quis dizer que você é pobre por ser rica. Creio que quis dizer... — Hesitei. — Você tem gente demais *em cima* de você. À sua volta. Gente demais que quer tudo da sua pessoa, mas que não se importa com você. É verdade, não é?

— Acho que tio Andrew se importa genuinamente comigo — respondeu Ellie, um pouco duvidosa. — Ele sempre foi gentil comigo, simpático. Os outros... Não, você tem razão. Eles só *querem*.

— Eles vêm só para pedir esmola, não é? Querem dinheiro emprestado, querem favores. Querem que você os livre de algum aperto, essas coisas. Estão sempre *em cima*!

— Imagino que seja natural — falou Ellie calmamente —, mas já cansei de todos. Por isso vim morar aqui, na Inglaterra. Não os verei com tanta frequência.

Era claro que ela estava errada, mas ainda não enxergava a verdade. Stanford Lloyd apareceu mais tarde, sozinho. Trouxe um grande volume de documentos, papéis e coisas que Ellie precisava assinar, queria seu aval quanto aos investimentos. Conversou com ela sobre aplicações, ações e imóveis de sua propriedade, além da disposição do fundo fiduciário. Para mim, foi grego. Eu não sabia ajudar nem aconselhar. Também não tinha como impedir que Stanford Lloyd a engambelasse. Esperava que não o fizesse, mas como um ignorante feito eu poderia saber?

Havia alguma coisa em Stanford Lloyd que parecia boa demais para ser verdade. Ele era banqueiro e tinha cara de banqueiro. Era um homem bem-apessoado, embora não fosse jovem. Foi muito educado comigo apesar de, mesmo tentando não demonstrar, não ter ido nem um pouco com a minha cara.

— Bem — falei quando ele finalmente tomou seu rumo —, este é o último da turma.

— Você não ficou com boa impressão de nenhum, ficou?

— Creio que sua madrasta, Cora, seja a vaca mais duas caras que já vi. Desculpe, Ellie, talvez eu não devesse ter falado assim.

— Por que não, se é o que pensa? E creio que esteja longe de estar errado.

— Você devia se sentir muito sozinha, Ellie.

— Sim, é verdade. Eu conhecia garotas da minha idade. Frequentei um colégio de ótima reputação, mas nunca fui *livre* de fato. Se eu fizesse amizades, de um jeito ou de outro eles me separavam, empurravam outra garota no lugar. Entende? Tudo era governado pelo social. Se eu me desse ao trabalho de fazer alvoroço... mas eu nunca chegava a esse ponto. Nunca houve alguém com quem eu me importasse *de verdade*. Não até Greta aparecer. Aí tudo ficou diferente. Pela primeira vez alguém se afeiçoou a *mim*. Foi maravilhoso. — O rosto dela se suavizou.

— Eu queria... — falei, me virando para a janela.

— O quê?

— Não sei... Acho que eu queria que você não fosse... que não fosse tão dependente de Greta. É ruim ser dependente de outra pessoa.

— Você não gosta dela, Mike — afirmou Ellie.

— Gosto — retruquei depressa. — Gosto mesmo. Mas você precisa perceber, Ellie, que ela... Bom, para mim ela é uma estranha. Sim, admito que sinta certo ciúme dela. Ciúme porque vocês duas... Bom, antes eu não entendia... como vocês são ligadas.

— Não tenha ciúmes. Ela é a única pessoa que foi carinhosa comigo, que se importou comigo... até eu conhecer você.

— Mas você já me conheceu e casou comigo. — Então repeti o que já dissera: — E nós vamos viver felizes para sempre.

Capítulo 13

Estou fazendo o melhor que posso, embora não seja muito, para pintar um retrato das pessoas que entraram nas nossas vidas. Ou melhor: que entraram na *minha* vida, pois, é claro, já estavam na vida de Ellie. Nosso erro foi achar que eles sairiam dela. Não foi o caso. Não tinham a menor intenção. Na época, contudo, não sabíamos disso.

O lado inglês da nossa vida foi o que veio a seguir. Nossa casa estava finalizada, conforme nos informou um telegrama de Santonix. Ele pediu que não aparecêssemos por uma semana, então o telegrama chegou. Dizia: "Venham amanhã."

Fomos de carro e chegamos ao poente. Santonix ouviu o motor e veio nos receber em frente à propriedade. Quando vi nossa casa pronta, algo saltou dentro de mim, como se fosse irromper da pele! Era a *minha* casa — e eu finalmente a tinha! Apertei com força o braço de Ellie.

— Gostou? — perguntou Santonix.

— Ficou batuta — respondi. Uma coisa boba de se dizer, mas ele me entendeu.

— Sim — concordou ele. — É a melhor que já fiz… Custou-lhes uma fortuna e vale cada centavo. Excedi todas as minhas estimativas. Vamos, Mike, pegue-a no colo e entre pela porta. É isso que se faz quando chega com a noiva em casa!

Eu corei, então levantei Ellie — que era peso-pena — e a carreguei como Santonix havia sugerido, cruzando a porta. Quando o fiz, dei um pequeno tropeço e vi Santonix fechar a cara.

— Aí estamos — disse ele. — Seja carinhoso com ela, Mike. Cuide dela. Não deixe que nada de ruim lhe aconteça. Ela não sabe cuidar de si. Apenas acha que sabe.

— Por que algo de mal me aconteceria? — questionou Ellie.

— Porque o mundo é ruim e há gente ruim — explicou Santonix —, e há muita gente ruim à sua volta, minha moça. Eu sei. Já conheci um ou dois. Já os vi por aqui. Eles vêm bisbilhotar, vêm farejando como os ratinhos que são. Perdoe-me os termos, mas alguém tem que falar.

— Não vão nos incomodar — garantiu Ellie. — Todos já voltaram aos Estados Unidos.

— Pode ser — retrucou Santonix. — Mas são poucas horas de voo, como sabe.

Ele pôs as mãos nos ombros dela. Estavam muito finas, muito brancas. Ele parecia ter entrado em convalescência acelerada.

— Eu mesmo cuidaria de você, menina, se assim pudesse — informou ele —, mas não posso. Não vai tardar. Você terá que se defender sozinha.

— Pode parar com as advertências de cigana, Santonix — falei —, e nos mostre a casa. Cada centímetro.

Então demos uma volta pelo lugar. Alguns cômodos seguiam vazios, mas a maioria das coisas que havíamos comprado, os quadros, a mobília, as cortinas, já estavam no lugar.

— Ainda não demos nome a ela — comentou Ellie de repente. — Não podemos chamar de Torres, pois era um nome ridículo. Qual foi o outro nome que você me contou? Passo do Cigano, não?

— Não vamos chamar assim — decidi, resoluto. — Não gosto deste nome.

— É assim que sempre será chamada por estas bandas — disse Santonix.

— Por um bando de gente boba e supersticiosa — retruquei.

Sentamos na varanda de olho no sol poente e na vista, e pensamos em nomes para a casa. Foi quase um jogo. Começamos falando sério, mas depois passamos a toda besteira possível. "Fim da Jornada", "Lindo Encanto". Depois, nomes que lembravam pensões: "Vistamar", "Ilhabela", "Pinheiral". De repente ficou escuro e frio, então entramos. Não puxamos as cortinas, só fechamos as janelas. Havíamos levado mantimentos. No dia seguinte chegaria a equipe de criados, contratada a peso de ouro.

— Provavelmente vão odiar, vão dizer que é muito afastada e logo vão todos embora — falou Ellie.

— E aí você dobrará o soldo, para que fiquem — argumentou Santonix.

— *Você* que acha que todo mundo tem um preço! — Mas ela disse em tom de piada.

Havíamos levado *pâté em croûte*, baguetes e grandes lagostas vermelhas. Sentamos em torno da mesa para rir, comer e conversar. Até Santonix pareceu fortalecido e animado; tinha algo de selvagem e animado no olhar.

Então, de repente, aconteceu. Uma pedra quebrou a janela e aterrissou na mesa. Também quebrou uma taça de vidro, e um caco cortou a bochecha de Ellie. Por um instante, ficamos paralisados. Então me levantei, corri até a janela, abri-a e saí para a varanda. Não se via ninguém. Voltei à sala.

Peguei um guardanapo de papel e me curvei sobre Ellie, limpando uma gota de sangue que vi escorrer pelo seu rosto.

— Você ficou ferida... Pronto, querida, não foi nada. Só um pequeno corte.

Meus olhos fitaram os de Santonix.

— Por que alguém faria isso? — perguntou Ellie, parecendo transtornada.

— Garotos — respondi. — Jovens arruaceiros, você sabe. Deviam saber que estávamos nos acomodando. Ouso dizer que tivemos sorte por só arremessarem uma pedra. Podiam ter uma espingarda de ar comprimido ou algo do tipo.

— Mas *por que* fariam isto conosco? *Por quê?*

— Não sei. Pura brutalidade.

Ellie levantou-se de supetão.

— Estou assustada. Estou apavorada.

— Amanhã vamos descobrir — falei. — Ainda não sabemos o bastante sobre as pessoas das redondezas.

— Será porque somos ricos e eles, pobres? — perguntou ela, não a mim, mas a Santonix, como se ele tivesse uma resposta melhor a esse tipo de pergunta.

— Não — respondeu Santonix devagar. — Não creio que seja...

Ellie prosseguiu:

— É porque nos odeiam... Odeiam Mike e a mim. *Por quê*? Porque somos felizes?

Santonix fez que não outra vez.

— Não — disse Ellie, como se concordasse. — Não, é outra coisa. Algo de que não sabemos. O Passo do Cigano. Quem mora aqui vai ser odiado. Vai ser perseguido. Finalmente vão conseguir nos afugentar...

Servi uma taça de vinho e entreguei a ela.

— Não, Ellie — implorei. — Não diga este tipo de coisa. Beba mais um pouco. Foi péssimo o que aconteceu, mas não passou de uma besteira, uma grosseria insensata.

— Eu fico pensando — insistiu Ellie —, fico pensando... — Ela me olhou, séria. — Alguém quer nos afugentar, Mike. Quer nos fazer fugir da casa que construímos, da casa que amamos.

— Não vamos deixar que tenham sucesso — afirmei. E complementei: — Eu vou cuidar de você. Nada vai lhe fazer mal.

Ela voltou a olhar para Santonix.

— Você há de saber — disse ela. — Estava aqui enquanto construíam a casa. Alguém lhe falou alguma coisa? Alguém veio e jogou pedras... Tentou interferir na obra?

— Pode-se imaginar de tudo — respondeu ele.

— Então *houve* acidentes?

— Sempre há acidentes na construção de uma casa. Nada sério nem trágico. Um homem cai da escada, alguém deixa uma carga cair no pé, uma farpa se enfia no dedo de alguém e infecciona.

— Nada além disso? Nada que possa ter sido *planejado*?

— Não — respondeu Santonix —, *não*. Eu lhe juro que não!

Ellie virou-se para mim.

— Você lembra daquela cigana, Mike. Como estava agitada naquele dia, o jeito como me alertou para não vir para cá.

— Ela só é meio doida, um pouco amalucada.

— Construímos no Passo do Cigano — afirmou Ellie. — Fizemos o que ela nos disse para não fazer. — Então bateu o pé. — Não vou deixar que me afugentem. Não vou deixar *ninguém* me afugentar.

— Ninguém há de nos afastar — prometi. — Vamos ser felizes aqui.

Dissemos aquilo como um desafio às sinas.

Capítulo 14

Foi assim que teve início nossa vida no Passo do Cigano. Não encontramos outro nome para a casa. Aquela primeira noite fixou Passo do Cigano nas nossas mentes.

— Vamos chamar de Passo do Cigano — disse Ellie. — Só para eles verem! Um desafio, não acha? É o *nosso* Passo, e que se danem as advertências da cigana!

No dia seguinte ela estava de volta a seu jeito prazenteiro, e logo estávamos ocupados em nos acomodar e também em conhecer a vizinhança e os vizinhos. Ellie e eu fomos até a choupana onde morava a cigana. Achei que seria bom se a encontrássemos mexendo no jardim. A única vez que Ellie a vira foi quando ela contou nossas sinas. Se visse que era só uma velha qualquer, colhendo batatas... mas não a encontramos. A choupana estava fechada. Perguntei a uma vizinha se ela havia morrido, mas a mulher fez que não.

— Deve ter viajado — sugeriu. — Ela viaja de tempos em tempos, sabe? É uma cigana. Por isso que não consegue ficar em casa. Sai andando por aí e volta. — Ela deu um tapinha na testa. — Não bate bem.

Logo em seguida perguntou, tentando disfarçar a curiosidade:

— Vocês vieram lá da casa nova, não? A que fica no alto do morro, que acabaram de construir?

— Isso mesmo — confirmei —, nos mudamos ontem à noite.

— Ficou lindo de se ver — elogiou ela. — Todo mundo passou lá para ver durante a construção. Faz uma diferença, não faz? Ver uma casa como aquela onde antes só se via aquelas árvores feias. — Ela dirigiu-se a Ellie, muito acanhada. — Você é americana, não é? Foi o que ouvimos dizer.

— Sim — respondeu Ellie —, sou americana… Ou era, pois agora sou casada com um inglês, então virei inglesa.

— E vieram aqui para se acomodar e viver, não é?

Dissemos que sim.

— Bom, espero que gostem, é claro. — Ela pareceu em dúvida.

— Por que não gostaríamos?

— Ah, é tão desabitado lá, sabem? Geralmente as pessoas não gostam de morar em um lugar tão desabitado, no meio das árvores.

— O Passo do Cigano — comentou Ellie.

— Ah, vocês conhecem o nome que deram por aqui, é? Mas a casa que ficava lá antes chamava-se Torres. Não sei por quê. Não tinha torres, pelo menos não na minha época.

— Acho Torres um nome bobo — opinou Ellie. — Acho que continuaremos chamando de Passo do Cigano.

— Teremos que avisar aos correios — falei —, ou não receberemos correspondência alguma.

— É, imagino que não.

— Mas, quando penso nisso… Faria diferença, Ellie? Não seria muito melhor se *não* recebêssemos carta alguma?

— Pode causar certas complicações. Nunca receberíamos contas.

— O que seria uma ideia maravilhosa.

— Não, não seria — retrucou Ellie. — Oficiais de justiça viriam acampar aqui. Enfim, eu não gostaria de não receber cartas. Gostaria de ter notícias de Greta.

— Deixe Greta para lá — falei. — Vamos seguir o passeio.

Então fomos conhecer Kingston Bishop. Era um belo vilarejo, com pessoas agradáveis nas lojinhas. Não havia nada de sinistro no local. Nossos criados não apreciaram muito, mas logo providenciamos carros para levá-los ao balneário mais próximo ou a Market Chadwell nos dias de folga. Não se entusiasmaram quanto à localização da casa, mas não era a superstição que os preocupava. Ressaltei a Ellie que ninguém podia acusar a casa de assombrada, pois acabara de ser construída.

— Não — concordou Ellie —, não é a casa. Não há nada de errado com a casa. É o lado de fora. É a estrada quando faz a curva nas árvores e aquela floresta escura onde aquela mulher apareceu e me deu um susto.

— Bom, no ano que vem podemos cortar estas árvores e plantar rododendros ou algo do tipo.

Continuamos a fazer planos.

Greta foi passar o fim de semana conosco. Ela ficou entusiasmada com a casa e nos parabenizou por toda a mobília, todos os quadros e esquemas cromáticos. Foi muito diplomática. Passado o fim de semana, ela disse que não perturbaria mais os recém-casados e que, de qualquer modo, precisava voltar ao novo emprego.

Ellie gostou de apresentar a casa a Greta. Percebi o carinho que Ellie tinha por ela. Tentei me comportar com sensatez e ser agradável, mas fiquei contente quando Greta voltou a Londres, pois sua presença era como uma pressão sobre mim.

Depois de algumas semanas na casa, fomos aceitos localmente e fizemos amizade com Deus. Ele mesmo veio nos chamar uma tarde. Ellie e eu discutíamos sobre onde colocar um canteiro de flores quando nosso corretíssimo mordomo, que eu achava um pouco falso, saiu da casa para anunciar que Major Phillpot estava na sala de estar. Foi então que cochichei para Ellie: "Deus!" e ela me perguntou o que quis dizer.

— Ora, é como os moradores daqui tratam o homem — expliquei.

Quando entramos, lá estava o Major Phillpot. Um homem agradável, de aparência comum, perto dos sessenta anos. Usava roupas interioranas bastante surradas, tinha cabelos grisalhos rareando no alto e um bigodinho eriçado. Pediu desculpas pela ausência da esposa. Ela estava praticamente inválida, contou. Sentou-se e conversou conosco. Nada do que disse foi notável ou de algum interesse. Tinha o dom de fazer as pessoas sentirem-se tranquilas. Passeou por assuntos diversos por alto. Não nos fez nenhuma pergunta direta, mas logo botou na cabeça quais eram nossos interesses. Conversou comigo sobre corridas e com Ellie sobre um jardim e o que renderia naquele solo. Estivera uma ou duas vezes nos Estados Unidos. Descobriu que, embora não desse muita atenção ao turfe, Ellie gostava de cavalgar. Disse a ela que, caso tivesse cavalos, poderia pegar uma trilha pelo pinheiral que dava em um grande trajeto pelo charco onde poderia sair a galope. Então chegamos ao tema da nossa casa e às histórias sobre o Passo do Cigano.

— Pois vejo que conhecem o nome que os locais deram — observou —, assim como todas as superstições da redondeza, imagino.

— Uma profusão de advertências ciganas — falei. — Demais, inclusive. Geralmente da velha Mrs. Lee.

— Ah, meu caro — disse Phillpot. — Pobre Esther: ela os incomodou, foi?

— Ela é um pouco tontinha? — perguntei.

— Não tanto quanto gosta de parecer. Sinto-me mais ou menos responsável por ela. Eu que a instalei naquela choupana. Não que ela não seja grata. Tenho certa afeição pela velhinha, embora às vezes seja inconveniente.

— Gosta de saber do seu destino?

— Não, não exatamente. Ela lhes contou sua fortuna?

— Não sei se podemos chamar de fortuna — disse Ellie. — Foi mais uma advertência para não virmos para cá.

— Isto me soa muito estranho. — As sobrancelhas cerdosas do Major Phillpot se ergueram. — Ela geralmente tem língua adocicada para fortunas. O belo estranho, sinos de casamento, seis filhos e uma herança cairão nas suas mãos, moça bonita. — Ele imitou, inesperadamente, a voz lamurienta da velha. — Os ciganos acampavam muito por aqui quando eu era moço. Acho que me afeiçoei a eles na época, embora sejam um bando de ladrões. Mas sempre me atraíram. Desde que não se espere que respeitem a lei, está tudo bem. Tomei muito ensopado cigano quando garoto. Achamos que a família devia algo a Mrs. Lee; ela salvou a vida de um dos meus irmãos quando era criança. Pescou-o de dentro de um lago congelado.

Fiz um gesto desastrado e derrubei um cinzeiro de vidro da mesa. Ele se estilhaçou no chão.

Major Phillpot me ajudou a recolher os cacos.

— Penso que ela seja deveras inofensiva — comentou Ellie. — Fui muito tola em me assustar.

— A senhora se assustou, é mesmo? — As sobrancelhas ergueram-se de novo. — Foi tão ruim assim?

— Não achei que ela tenha ficado assustada — falei rapidamente. — Foi mais uma ameaça do que uma advertência.

— Uma ameaça! — Ele pareceu incrédulo.

— Bom, assim me pareceu. Então, na noite em que nos mudamos aconteceu outra coisa.

Eu lhe contei da pedra que quebrou a janela.

— Infelizmente há um bom número de arruaceiros por aqui hoje em dia — informou ele —, embora não sejam muitos... Não é tão ruim quanto em outros lugares. Ainda assim, acontece, sinto dizer. — Ele olhou para Ellie. — Sinto muito que tenha ficado assustada. Foi abominável o que aconteceu na noite em que se mudaram.

— Ah, eu já superei — garantiu Ellie. — Não foi só isso, foi... foi outra coisa que aconteceu não muito depois.

Também contei a ele. Certa manhã, descemos dos quartos e encontramos um passarinho morto atravessado por uma faca e um pequeno bilhete que dizia, em uma garatuja de analfabeto: "Saiam daqui se sabem o que é bom para si."

Phillpot ficou furioso.

— Vocês deveriam ter dado queixa na polícia.

— Não quisemos — expliquei. — Afinal, só deixaria a pessoa, quem quer que seja, ainda mais irritada.

— Bom, esse tipo de coisa precisa ser refreada — disse Phillpot, tornando-se de repente o magistrado. — Se não, como sabem, as pessoas seguem com esse tipo de atitude. Acham engraçado, imagino. Porém... porém, me parece mais que diversão. Asqueroso... maligno... Não é como... — Ele parecia falar apenas consigo. — Não é como se alguém por aqui se ressentisse de vocês, não de maneira pessoal, quero dizer.

— Não — confirmei —, isto não poderia ser, pois somos ambos estranhos aqui.

— Vou investigar — declarou Phillpot.

Ele levantou-se para ir embora e olhou em volta.

— Pois vejam só — falou. — Gostei desta casa. Não achei que devia. Sou um velho quadrado, como podem ver, o que costumam chamar de reacionário. Gosto de casas antigas, de construções velhas. Não gosto destas caixinhas de fósforo que estão erguendo por todo o interior. Ou caixonas. Lembram colmeias. Gosto de prédios que tenham ornamento, graciosidade. Mas gostei desta casa. Ela é simples, muito moderna, creio eu, mas tem forma e luz. E quando se olha para fora dela, se observa as coisas... bem, de um jeito diferente do que já se viu. É interessante. Muito interessante. Quem a projetou? Foi um arquiteto inglês ou estrangeiro?

Eu lhe contei de Santonix.

— Hmm — comentou ele —, creio que já tenha lido a seu respeito. Por acaso ele já apareceu na revista *House and Gardens*?

Falei que era muito famoso.

— Gostaria de conhecê-lo algum dia, embora creia que não saberia o que lhe dizer. Não tenho pendor artístico.

Então nos pediu para escolher um dia em que pudéssemos aparecer para um almoço com ele e a esposa.

— Aí podem dizer o que acham da minha casa — concluiu.

— Creio que seja uma mansão antiga — observei.

— Construída em 1720. Belo período. A casa original era elizabetana. Foi incendiada por volta de 1700, e construíram no mesmo local.

— Então sempre morou lá — falei. Não quis falar dele em pessoa, é claro, mas ele entendeu.

— Sim. Estamos aqui desde os tempos da rainha Elizabeth. Às vezes prósperos, às vezes arruinados, vendemos terras quando as coisas vão mal, compramos de volta quando vão bem. Será um prazer apresentar o lugar aos dois. — Dirigiu-se a Ellie com um sorriso: — Sei que americanos gostam de casas antigas. — Depois completou para mim: — *Você* é que provavelmente não vai achar grande coisa.

— Não vou fingir que entendo dessas coisas — falei.

Então ele foi embora. Havia um *spaniel* aguardando-o no carro. Era um calhambeque velho e surrado, com a tinta descascando, mas eu já estava entendendo. Sabia que nesta região do mundo ele ainda era Deus em pessoa, e havia nos dado seu selo de aprovação. Eu percebera. Ele gostara de Ellie. Fiquei inclinado a pensar que também gostara de mim, embora notasse os olhares de avaliação que me dirigia de tempos em tempos, como se julgasse rapidamente algo com que nunca havia se deparado.

Ellie estava colocando lascas de vidro com todo cuidado na lixeira quando voltei à sala de estar.

— Que pena que quebrou — disse ela, lamentosa. — Gostava do cinzeiro.

— Podemos conseguir outro igual. É moderno.

— Eu sei! O que o assustou, Mike?

Parei um instante para pensar.

— Uma coisa que Phillpot disse. Que me lembrou de algo que aconteceu quando eu era garoto. Um amigo no colégio e eu gazeteamos aula para patinar no lago. O gelo não ia aguentar, tolinhos travessos que éramos. O menino quebrou o gelo e afogou-se antes que alguém conseguisse salvá-lo.

— Que horror.

— Sim. Eu havia esquecido até Phillpot mencionar o irmão.

— Gostei dele, Mike. Você não?

— Sim, gostei muito. Queria saber como é a esposa.

Saímos para almoçar com os Phillpot no início da semana seguinte. Era uma mansão georgiana branca, de traços muito bonitos, embora nada de muito empolgante. Por dentro era malcuidada, mas agradável. Havia retratos do que supus serem ancestrais nas paredes da comprida sala de jantar. A maioria era muito feia, embora pudessem ter uma aparência melhor se fossem limpos. Havia um de uma moça de cabelos claros usando cetim rosa que me causou grande estima. Major Phillpot sorriu e disse:

— Escolheu um dos nossos melhores. É um Gainsborough, e dos bons, embora a retratada tenha causado alguns problemas na época. Fortes suspeitas de que tenha envenenado o marido. Pode ter sido preconceito, pois era estrangeira. Gervase Phillpot a encontrou em algum lugar do exterior.

Outros vizinhos haviam sido convidados para nos conhecer. Dr. Shaw, um senhor de idade, de jeito gentil mas cansado. Ele precisou sair apressado antes de terminarmos a refeição. Havia o vigário, que era jovem e sério, e uma senhora de meia-idade com voz intimidante que criava corgis. Havia também uma moça morena, alta e bonita, chamada Claudia Hardcastle, que parecia viver pelos cavalos, embora fosse estorvada por uma alergia que lhe provocava febre.

Ela e Ellie se acertaram muito bem. Ellie adorava cavalgar e também estava muito incomodada com uma alergia.

— Nos Estados Unidos eu pego mais com erva-de-santiago — contou ela —, mas às vezes vem dos próprios cavalos. Hoje em dia não me incomoda tanto porque há esses comprimidos maravilhosos que os médicos receitam para todo tipo de alergia. Vou lhe dar algumas cápsulas. São as laranja-claro. Se você lembra de tomar uma antes de sair, não espirra nem uma vez.

Claudia Hardcastle disse que ficaria agradecidíssima.

— Camelos me fazem mais mal que cavalos — explicou ela. — Estive no Egito no ano passado... e as lágrimas escorriam pelo meu rosto na volta das pirâmides.

Ellie disse que algumas pessoas tinham isso com gatos.

— E travesseiros. — E seguiram conversando sobre alergias.

Sentei ao lado de Mrs. Phillpot, que era alta e esbelta e falava exclusivamente sobre a própria saúde nos momentos em que não estava comendo a robusta refeição. Ela me deu o relato completo das diversas enfermidades que teve e como seu caso havia estarrecido diversos e eminentes praticantes da medicina. Ocasionalmente ela fazia um desvio social e perguntava o que eu *fazia*. Quando desviei-me desta pergunta, ela fez tentativas indiferentes de descobrir quem eu *conhecia*. Eu podia ter respondido sinceramente "Ninguém", mas achei que seria melhor me conter — principalmente porque ela não era esnobe de verdade e não queria saber de fato. Mrs. Corgis, cujo nome verdadeiro não captei, foi muito mais eficiente no interrogatório, mas eu a conduzi à iniquidade e à ignorância geral dos veterinários! Tudo muito agradável e pacífico, mas tedioso.

Mais tarde, enquanto fazíamos uma excursão muito desorganizada pelo jardim, Claudia Hardcastle me encontrou.

Ela disse, abruptamente:

— Ouvi falar de você... pelo meu irmão.

Fiquei surpreso. Não imaginei ser possível eu conhecer um irmão de Claudia Hardcastle.

— Tem certeza? — perguntei.

Ela pareceu entretida.

— Aliás, ele construiu sua casa.

— Está dizendo que *Santonix* é seu irmão?

— Meio-irmão. Não o conheço muito bem. Raramente nos encontramos.

— Ele é maravilhoso.

— Sim, sei que algumas pessoas acham.

— Você não?

— Nunca sei ao certo. Ele tem dois lados. Houve uma vez que ele estava nas últimas... Ninguém queria falar com ele. E depois... parece que mudou. Começou a ter sucesso na profissão, de uma maneira extraordinária. Foi como se houvesse — ela fez uma pausa para encontrar a palavra — se dedicado.

— Entendo que ele é muito dedicado. Nada mais.

Então perguntei se ela havia visto nossa casa.

— Não. Depois de terminada, não.

Falei que ela devia aparecer para conferir.

— Já aviso que provavelmente não vou gostar. Não gosto de casas modernas. Meu período predileto é o da rainha Anne.

Ela disse que ia apresentar Ellie ao clube de golfe. E que elas cavalgariam juntas. Ellie compraria um cavalo, talvez mais de um. Ela e Ellie aparentemente haviam feito amizade.

Quando Phillpot estava me mostrando os estábulos, disse uma ou duas palavras a respeito de Claudia.

— Muito boa nas caçadas — comentou ele. — Uma pena que bagunçou a própria vida.

— Bagunçou?

— Casou-se com um ricaço, muito mais velho. Americano. Chamava-se Lloyd. Não funcionou. Deslindou quase de imediato. Voltou a usar o sobrenome antigo. Creio que não vá se casar de novo. Ela é anti-homens. Uma pena.

Quando estávamos voltando para casa, Ellie afirmou:

— Tedioso... mas agradável. Pessoas gentis. Vamos ser muito felizes aqui, não vamos, Mike?

— Sim, vamos. — E tirei a mão do volante para segurar a dela.

Quando chegamos, deixei Ellie na casa e guardei o carro na garagem.

Enquanto dava a volta pelos fundos, ouvi um leve ressoar do violão dela. Ellie tinha um violão espanhol muito antigo, que devia ser muito valioso. Às vezes cantava com uma voz grave, sussurrada, muito agradável aos ouvidos. Eu não conhecia a maioria das músicas. Creio que fossem *spirituals* americanos, baladas irlandesas e escocesas muito antigas — delicadas, mas bastante tristes. Não eram música popular nem nada do tipo. Talvez fossem *folk*.

Dei a volta pela varanda e parei na janela antes de entrar.

Ellie estava cantando uma de minhas prediletas. Não sei como se chama. Ela sussurrava cada palavra com toda suavidade, para si, a cabeça baixa sobre o violão enquanto dedilhava as cordas cuidadosamente. Era uma melodia curta, assombrosa e pungente.

"*É do homem o Riso e a Dor*
Quem disto é sabedor
Trilha o mundo sem temor...

Toda Noite, todo Dia
Há quem nasce à Agonia
Todo Dia, toda Noite
Há quem nasce à Alegria
Há quem nasce ao Festim
Há quem nasce à Noite sem Fim..."

Ela ergueu os olhos e me viu.

— Por que está me olhando assim, Mike?

— Assim como?

— Como se me amasse...

— É claro que a amo. De que outro modo eu olharia para você?

— Mas o que estava pensando agora?

Respondi, devagar e sincero:

— Estava pensando em você na primeira vez que a vi... parada ao lado de um abeto.

Eu vinha mesmo lembrando daquele primeiro instante em que vi Ellie, da surpresa, da empolgação...

Ela sorriu para mim e cantou suavemente:

"Toda Noite, todo Dia
Há quem nasce à Alegria
Há quem nasce ao Festim
Há quem nasce à Noite sem Fim..."

Não há como identificar os momentos mais importantes da própria vida. Apenas quando é tarde demais.

Aquele dia, quando fomos almoçar com os Phillpot e voltamos tão contentes para casa, foi um destes momentos. Mas na hora eu não soube; só depois.

Eu pedi:

— Cante a música da Mosca.

E ela trocou para uma canção mais alegre:

"Mosquinha, mosquinha,
Teu recreio veranil
Minha mão impensada
Tristemente concluiu.

Serei eu
Como tu, mosca
Ou será tu
Como eu, tosca?

Pois danço
E bebo e canto
Até mão cega
Me dar pranto.

Se pensar é vida
E fôlego e força
E o desejo
De pensar é forca;

Então mosca sou
Com muito prazer
Se viver
Ou se morrer."

Ah, Ellie... Ellie...

Capítulo 15

É surpreendente como as coisas deste mundo não transcorrem do jeito que você espera!

Havíamos nos mudado para nossa casa, estávamos morando lá e fugimos de todos tal como queríamos e planejávamos. Exceto, evidentemente, que *não* havíamos fugido de todos. As coisas avolumaram-se sobre nós, vindas tanto do outro lado do oceano quanto por outros caminhos.

Em primeiro lugar havia a maldita madrasta de Ellie. Ela enviava cartas e telegramas e pedia a Ellie para falar com corretores de imóveis. Dizia-se tão fascinada pela nossa casa que precisava ter uma igual na Inglaterra. Falou que adoraria passar alguns meses por ano na Inglaterra. Logo após o último telegrama ela chegou, e teve que ser guiada pela nossa vizinhança, com várias opções a conferir. Ao fim, decidiu-se mais ou menos por uma casa. A aproximadamente 25 quilômetros da nossa. Não a queríamos lá, odiamos a ideia — mas não podíamos dizer isso. Ou melhor: mesmo que *houvéssemos* dito, não a impediríamos de comprar a propriedade, caso de fato quisesse. Não podíamos dar ordens para ela *não* morar ali. Era a última coisa que Ellie queria na vida. Isso eu sei. Contudo, enquanto ela ainda aguardava a avaliação de um agrimensor, mais telegramas chegaram.

Tio Frank, ao que parecia, havia se metido em uma enrascada. Alguma pilantragem ou fraude, pelo que entendi, o que imagino que implicava em uma grande soma para livrá-lo. Mais telegramas entre Mr. Lippincott e Ellie. Aí descobriu-se algum problema entre Stanford Lloyd e Lippincott. Havia uma briga a respeito de certos investimentos de Ellie. Na minha ignorância e credulidade, eu achava que as pessoas na América estavam a longa distância. Nunca percebi que os parentes e contatos comerciais de Ellie pouco importar-se-iam em fazer um voo de 24 horas até a Inglaterra e depois voltar. Primeiro foi Stanford Lloyd quem veio e voltou. Depois apareceu Andrew Lippincott.

Ellie precisou ir a Londres para reunir-se com eles. Eu não havia entendido estas questões financeiras. Creio que todos fossem muito cuidadosos no que falavam. Mas tinha algo a ver com ajustes no fundo de Ellie, e a sugestão levemente sinistra de que Mr. Lippincott havia sido tardio em resolver a questão ou que era Stanford Lloyd quem estava travando as contas.

Na calmaria entre estas preocupações, Ellie e eu descobrimos nosso Frívolo. Ainda não havíamos explorado todo o terreno (somente os entornos da casa). Gostávamos de pegar trilhas pela floresta e descobrir aonde levavam. Certo dia seguimos um caminho que estava tão coberto pela vegetação que de início não se via que era uma trilha. Mas seguimos o rastro e descobrimos que ele dava no que Ellie descreveu como uma frivolidade. Um lugar que lembrava um templo, branco, pequeno e ridículo. Estava em condições muito boas, então limpamos, mandamos pintar e colocamos uma mesa, cadeiras, um divã e um armário de canto onde deixamos porcelanas e copos, assim como algumas bebidas. Foi uma diversão. Ellie disse que devíamos limpar a trilha e facilitar a subida, mas eu disse que não, seria mais divertido se ninguém mais soubesse onde ficava. Ellie achou a ideia muito romântica.

— A Cora é certo que não vamos contar — falei, e Ellie concordou.

Foi quando estávamos descendo de lá, não da primeira mas em outra vez, depois que Cora já havia partido e esperávamos voltar à tranquilidade, que Ellie, avançando aos saltos à minha frente, de repente tropeçou na raiz de uma árvore, caiu e torceu o tornozelo.

Dr. Shaw veio à casa e disse que a torção havia sido feia, mas que ela estaria bem em questão de uma semana. Ellie mandou chamar Greta. Não pude me opor. Não havia quem mais pudesse cuidar dela. Nenhuma mulher, no caso. Os criados que tínhamos eram inúteis e, enfim, Ellie queria Greta. Então, Greta veio.

Veio, e é claro que foi uma bênção para Ellie. E para mim, até certo ponto. Ela deu conta de tudo e deixou a casa em ordem. Foi quando nossos criados deram o aviso prévio. Disseram que era um local muito afastado — mas, na verdade, creio que tenha sido Cora quem os importunou. Greta publicou classificados e conseguiu outro casal quase em seguida. Ela cuidou do tornozelo de Ellie, a manteve entretida, buscou livros e frutas e outras coisas que sabia que ela gostava — coisas das quais eu pouco entendia. E, juntas, elas pareciam espantosamente felizes. Ellie certamente estava encantada em vê-la. Por algum motivo, Greta acabou não indo embora. Estacionou ali. Ellie me perguntou:

— Você não se importa se Greta ficar um tempo, se importa?

— Ah, não. Claro que não.

— É tão reconfortante tê-la aqui. Pois veja, há muitas coisas *femininas* que podemos fazer juntas. É muito solitário quando não há outra mulher por perto.

A cada dia eu notava que Greta assumia cada vez mais responsabilidades, que dava ordens, que reinava em relação a tudo. Fingi que gostava de tê-la por perto. Mas, um dia, quando Ellie estava deitada com o pé para cima na sala de estar, e Greta e eu estávamos na varanda, de repente começamos a brigar. Não consigo lembrar exatamente as palavras que desencadearam. Algo que Greta disse me incomodou, e eu respondi de forma brusca. E assim começamos um bate-boca. As vozes altearam. Ela partiu para cima, soltou o palavreado mais cruel e indelicado que conseguiu conceber, e eu devolvi na mesma moeda. Falei que ela era mandona e metida, que tivera influência demais sobre Ellie, que eu não ia aguentar ver minha esposa sendo mandada o tempo todo. Um gritou com o outro até que de repente Ellie veio mancando pela sacada, olhando para um e depois para o outro.

— Querida, sinto muito. Sinto mesmo — falei.

Voltei para casa e acomodei Ellie no sofá. Ela disse:

— Eu não sabia. Não sabia mesmo que você... que você odiava que Greta estivesse aqui.

Eu a acalmei, tranquilizei e garanti que ela não devia dar importância, que eu havia perdido as estribeiras, que às vezes era muito irascível. Falei que a questão toda é que eu achava Greta um pouco mandona. O que achava natural por ela estar acostumada a assim ser. E ao fim afirmei que gostava muito de Greta, que havia perdido a cabeça porque estava incomodado e preocupado. Acabou que praticamente implorei para Greta ficar.

Fizemos uma grande cena. Creio que todos os outros na casa também ouviram. Nosso novo mordomo e a esposa certamente ouviram. Quando fico irritado, eu grito mesmo. Ouso dizer que exagerei. Sou assim.

Greta aparentemente queria deixar claro que se preocupava muito com a saúde de Ellie, que não tinha que fazer isso nem aquilo.

— Ela não é muito forte, você sabe — comentou ela.

— Não há nada de errado com Ellie — retruquei —, ela está sempre perfeitamente sadia.

— Não, não está, Mike. Ela é fraca.

Quando o Dr. Shaw veio ver o tornozelo de Ellie mais tarde — para lhe dizer, a propósito, que estava tudo bem, apenas para enfaixar caso fosse caminhar em terreno acidentado —, falei a ele, creio que ao modo disparatado comum aos homens:

— Ela não é fraca nem nada do tipo, é, Dr. Shaw?

— Quem disse que ela é fraca? — Dr. Shaw era o tipo de clínico hoje em dia muito raro e, de fato, conhecido localmente como "Dr. Deixe Que A Natureza Resolve". — Nada de errado com ela, até onde pude ver. Qualquer um pode torcer o tornozelo.

— Não me referia ao tornozelo. Queria saber se ela tem o coração fraco ou algo assim.

Ele me olhou por cima dos óculos.

— Não comece a imaginar coisas, meu jovem. O que botou isto na sua cabeça? Você não é do tipo que normalmente se preocupa com enfermidades femininas.

— Foi só o que Miss Andersen disse.

— Ah. Miss Andersen. E ela entende do quê? Não tem qualificações médicas, tem?

— Não, não tem.

— Sua esposa é uma mulher de grande riqueza — afirmou. — Pelo menos segundo as fofocas. Muita gente imagina que todo americano é rico.

— Ela é rica.

— Bom, você precisa se lembrar de uma coisa. As ricas são as que mais sofrem. Sempre há um ou outro médico que lhes dá pós e comprimidos, estimulantes ou tranquilizantes, coisas que no geral elas ficariam melhores sem. As mulheres do vilarejo são muito mais saudáveis porque ninguém se preocupa com a saúde desse modo.

— Ela toma cápsulas de alguma coisa — comentei.

— Posso fazer um *check-up*, se desejar. Posso descobrir qual é a porcaria que lhe prescreveram. Posso dizer a ela o que já disse a outras: "Jogue tudo no lixo."

Ele conversou com Greta antes de ir embora. Informou:

— Mr. Rogers pediu para fazer um *check-up* geral de Mrs. Rogers. Não vejo nada de errado com ela. Creio que mais exercício a céu aberto lhe faria bem. Que remédios ela toma?

— Ela tem os comprimidos que toma quando se sente cansada, e os que toma para dormir quando quer.

Ela e o Dr. Shaw foram conferir as receitas de Ellie. Greta estava com um sorriso de canto.

— Eu não tomo tudo isso, Dr. Shaw — avisou ela. — Só as cápsulas para alergia.

Shaw deu uma olhada nas cápsulas, leu a prescrição e disse que não havia perigo, então passou à receita dos soníferos.

— Problemas para dormir?

— Não quando se mora no interior. Acho que não tomei um sonífero sequer desde que vim para cá.

— Ora, isso é muito bom. — Ele lhe deu um tapinha nos ombros. — Não há nada de errado com você, minha cara. Uma tendência a preocupar-se vez ou outra, devo dizer. Mas só. Estas cápsulas são suaves. Hoje em dia muita gente toma, e elas não fazem mal. Pode prosseguir, mas deixe os soníferos de lado.

— Não sei por que me preocupei — falei a Ellie em tom de desculpas. — Creio que tenha sido Greta.

— Ah. — Ellie riu. — Greta exagera comigo. Ela nunca toma remédio nenhum. Vamos fazer uma limpa, Mike. Jogar tudo fora.

Ellie estava de muitas amizades com a maioria dos vizinhos. Claudia Hardcastle vinha com frequência, e ela e Ellie vez por outra saíam para cavalgar. Eu não era das montarias, pois a vida inteira fui dos carros e da mecânica. Não entendia nada de cavalos, apesar de ter passado uma ou duas semanas desinfestando estábulos na Irlanda, mas pensei comigo que, uma vez ou outra, quando estivéssemos em Londres, eu iria a uma casa de equitação chique e aprenderia a cavalgar. Não queria começar ali. As pessoas provavelmente ririam de mim. Achei que cavalgar talvez fizesse bem a Ellie. Ela parecia gostar.

Greta a incentivou a cavalgar, embora ela mesma também não fosse muito entendida de cavalos.

Ellie e Claudia foram juntas a um leilão e, por conselho de Claudia, ela comprou um cavalo, um alazão chamado Conquer.

Insisti a Ellie para ter cuidado quando andasse a cavalo sozinha, mas ela riu de mim.

— Sei cavalgar desde os três anos.

Ellie saía para cavalgar duas ou três vezes por semana. Greta costumava dirigir até Market Chadwell para fazer compras.

Certo dia, durante o almoço, Greta falou:

— Você e seus ciganos! Hoje pela manhã veio uma mulher de aparência horrível. Parada no meio da estrada. Eu podia tê-la atropelado. Ficou parada na frente do carro. Tive que puxar o freio de mão. E estava subindo o morro.

— Por quê? O que ela queria?

Ellie nos ouvia, mas não disse nada. Pensei, porém, que ela parecia muito preocupada.

— A danada me ameaçou — contou Greta.

— Ameaçou você? — perguntei, ríspido.

— Bom, ela me mandou sair daqui. Disse: "Isto aqui é terra cigana. Volte. Voltem vocês todos. Voltem para lá de onde vieram se quiserem segurança." E ela ergueu o punho e sacudiu na minha direção. "Se eu lhe botar uma maldição", ela falou, "você nunca mais terá sorte na vida. Comprando nossa terra, criando cavalos na nossa terra. Não queremos casas onde antes havia tendas."

Greta falou muito mais. Ellie me disse depois, com a cara um pouco fechada:

— Parece muito improvável, não achou, Mike?

— Acho que Greta exagerou um pouco — respondi.

— Não me soou muito verdadeiro. Queria saber se Greta inventou alguma coisa.

Fiquei pensando.

— Por que ela inventaria? — Então completei, ríspido: — *Você* não tem visto nossa querida Esther, tem? Quando sai para cavalgar?

— A cigana? Não.

— Não me parece muito segura na resposta, Ellie.

— Acho que tive alguns vislumbres dela. Você sabe, entre as árvores, espiando, mas nunca perto o bastante para ter certeza.

Mas Ellie certo dia voltou de uma cavalgada pálida e trêmula. A idosa havia saído do meio das árvores. Ellie puxou as rédeas e parou para conversar com ela. Disse que a mulher sacudia o punho e resmungava algo ininteligível. Ellie confessou que desta vez ficou irritada e disse a ela:

— O que você quer aqui? Esta terra não lhe pertence. É nossa terra e nossa casa.

Ao que a velha respondeu:

— Nunca será sua terra e nunca há de lhe pertencer. Eu avisei uma vez e avisei duas vezes. Não hei de avisar de novo. Não há de tardar... isso eu posso dizer. É a Morte que eu vejo. Ali, sobre seu ombro esquerdo. É a Morte de pé ao seu lado, e a Morte vai levá-la. Este seu cavalo tem uma pata branca. Não sabe que dá azar cavalgar um cavalo com uma só pata branca? É a Morte que eu vejo, e a grande casa que você construiu se desfazendo em ruínas!

— Isto precisa parar — falei, irritado.

Desta vez, Ellie não achou bobagem. Tanto ela quanto Greta pareciam incomodadas. Fui direto ao vilarejo. Primeiro fui à choupana de Mrs. Lee. Hesitei por um instante, mas não havia luz acesa, então fui à delegacia. Eu conhecia o sargento encarregado, Sargento Keene, homem honesto e sensato. Ele escutou o que eu tinha para contar e depois disse:

— Sinto muito pelo seu incômodo. É uma mulher de muita idade e pode ser inconveniente. Nunca tivemos muitos problemas até hoje. Vou conversar com ela e dizer para parar.

— Se for possível.

Ele hesitou por um instante, depois prosseguiu:

— Não gosto de fazer insinuações... mas, caso o senhor saiba, Mr. Rogers, haveria alguém por aqui que pode... talvez por motivo trivial... ter algo contra o senhor e sua esposa?

— Penso que seria muito improvável. Por quê?

— A velha Mrs. Lee anda cheia de dinheiro... E não sei de onde vem...

— O que está sugerindo?

— Pode ser que alguém esteja pagando a ela... alguém que os queira longe daqui. Houve um incidente... já faz bons anos. Ela extorquiu uma pessoa no vilarejo... para afugentar um vizinho. Fazia essas mesmas coisas: ameaças, advertências, mau olhado... O povo do vilarejo é supersticioso. O senhor ficaria surpreso em saber quantos vilarejos da Inglaterra têm sua bruxa, por assim dizer. Ela recebeu uma advertência na época e, até onde sei, não tentou mais nada do tipo... mas pode ser algo assim. Ela gosta de dinheiro... Eles fazem muita coisa por dinheiro...

Não tive como concordar com a ideia, porém. Ressaltei a Keene que ali éramos totalmente estranhos.

— Não tivemos tempo de fazer inimizades — expliquei.

Voltei à casa preocupado e perplexo. Quando dobrei a esquina da varanda, ouvi o som abafado do violão de Ellie e vi uma figura alta, que estava próxima à janela e olhando para dentro, virar-se e vir na minha direção. Por um instante achei que fosse uma cigana, mas relaxei ao reconhecer Santonix.

— Ah — falei com uma leve arfada —, é você. De onde saiu? Há séculos que não temos notícias suas.

Ele não me respondeu diretamente. Apenas pegou meu braço e me afastou da janela.

— Então ela está aqui! — disse ele. — Não me surpreende. Achei que viria, mais cedo ou mais tarde. Por que deixou que viesse? Ela é perigosa. Você devia saber.

— Está falando de Ellie?

— Não, não, Ellie não. A outra! Qual é o nome? Greta?

Fiquei encarando-o.

— Você sabe como Greta é, ou não sabe? Ela *veio*, não veio? Tomou posse! Agora você não conseguirá se livrar. Ela veio para *ficar*.

— Ellie torceu o tornozelo — expliquei. — Greta veio para cuidar dela. Ela... Suponho que partirá em breve.

— Você não sabe nada do que se passa. Ela viria de qualquer maneira. Eu sabia. Eu a avaliei de cima a baixo quando ela veio durante a obra da casa.

— Ellie a quer aqui — balbuciei.

— Ah, sim, ela está com Ellie há algum tempo, não é? Sabe como gerenciar Ellie.

Era o que Lippincott dissera. Eu vinha, por conta própria, percebendo que era verdade.

— Você a quer aqui, Mike?

— Não posso expulsá-la da casa — retruquei, irritado. — Ela é a amiga mais antiga de Ellie. Sua melhor amiga. Que diabos eu vou fazer?

— Entendo. Imagino que não possa fazer nada, não é?

Ele olhou para mim. Um olhar muito estranho. Santonix era esquisito. Nunca se sabia o significado real de suas palavras.

— Você sabe aonde está indo, Mike? — perguntou ele. — Tem alguma ideia? Às vezes acho que você não sabe nada.

— Claro que sei. Estou fazendo o que quero. Estou indo na direção do que quero.

— Está mesmo? Me pergunto se sabe o que realmente quer. Temo por você, com Greta aqui. Ela é mais forte que você, sabia?

— Não entendo como você chega a estas palavras. Não é uma questão de força.

— Não é? Creio que seja. Ela é do tipo forte, o tipo que sempre consegue as coisas ao seu modo. Você não a queria por aqui. Foi o que disse. Mas aqui está ela, e tenho observado as duas. Ela e Ellie sentadas juntas, em casa, juntas, tagarelando, acomodadas. O que *você* é, Mike? Um forasteiro? Ou não é um forasteiro?

— Você está louco. Veja as coisas que diz. O que significa... Eu, um forasteiro? Sou marido de Ellie, não sou?

— Você *é* marido de Ellie, ou Ellie é *sua* esposa?

— Você ficou louco. Qual é a diferença?

Ele suspirou. De repente, seus ombros caíram como se o vigor houvesse abandonado o corpo.

— Não consigo comunicar — disse Santonix. — Não consigo fazer com que me ouça. Não consigo fazer com que compreenda. Às vezes creio que entende, às vezes penso que não sabe nada sobre si nem sobre ninguém.

— Veja bem, o que eu reconheço a seu respeito, Santonix, é que você é um arquiteto excelente... mas...

Seu rosto se alterou do mesmo modo afetado.

— Sim — falou ele —, sou um bom arquiteto. Esta casa é a melhor coisa que já fiz. Estou plenamente satisfeito com ela, até onde me é possível. Você queria uma casa como esta. E Ellie também queria uma casa como esta, para morar com você. Ela conseguiu e você conseguiu. Mande a outra mulher embora, Mike, antes que seja tarde.

— Como eu poderia magoar Ellie?

— Aquela mulher o deixou bem onde queria.

— Veja bem — argumentei. — Não gosto de Greta. Ela me dá nos nervos. Outro dia tive uma briga terrível com ela. Mas nada é simples como você pensa.

— Não, não será simples com ela.

— Quem chamou este lugar de Passo do Cigano e disse que tinha uma maldição podia ter certa razão — falei, irritado. — Tem ciganos pulando de trás de árvores e agitando os punhos na nossa face, nos avisando que, se não sairmos daqui, uma sina terrível se abaterá sobre nós. *Este lugar que deveria ser bom e belo.*

Palavras esquisitas de se dizer, estas últimas. Falei como se fosse outra pessoa.

— Sim, deveria ser assim — concordou Santonix. — Deveria ser. Mas não pode ser, pode, se houver algo de maligno a possuindo?

— Mas você não acredita que...

— Eu acredito em muitas coisas estranhas... Entendo um pouco do maligno. Você não percebe, ou por vezes não sentiu, que *eu* tenho uma parte maligna? Sempre tive. Por isso que sei quando está próximo de mim, embora eu nem sempre saiba exatamente onde está... *Quero que a casa que construí seja expurgada do mal.* Você entendeu? — O tom dele foi ameaçador. — Você entendeu? Isto é importante para mim.

Então sua postura mudou por completo.

— Vamos — disse ele. — Paremos de falar absurdos. Vamos ver Ellie.

Quando entramos, Ellie recebeu Santonix com enorme alegria.

Ele demonstrou conduta normal pelo resto da noite. Não houve mais histrionismos. Voltou a ser ele mesmo, encantador e jovial. Conversou sobretudo com Greta, dirigindo a ela uma dose especial de seu charme, por assim dizer. E o tinha de sobra. Qualquer pessoa concluiria que estava fascinado por ela, que gostava dela, que estava ansioso para agradá-la. Aquilo me fez pensar que Santonix era mesmo um homem perigoso, que havia muito mais nele do que eu já percebera.

Greta sempre reagia bem a admiradores. Ela mostrava o que tinha de melhor. Vez por outra podia restringir sua beleza ou revelar mais. Nesta noite, estava mais linda que eu já havia visto. Sorrindo para Santonix, ouvindo-o como se fascinada. Fiquei pensando no que estava por trás deste jeito dele. Com Santonix, nunca se sabia. Ellie disse que esperava que ele fosse ficar vários dias, mas ele fez que não. Partiria no dia seguinte, informou.

— Está construindo algo novo, está ocupado?

Ele respondeu que não, que acabara de deixar o hospital.

— Fui remendado mais uma vez — contou —, mas provavelmente será a última.

— Remendado? O que fizeram com você?

— Drenaram o sangue ruim do meu corpo e botaram sangue bom, fresco e rubro.

— Ah. — Ellie teve um leve estremecer.

— Não se preocupe — disse Santonix —, nunca acontecerá com você.

— Mas por que tem que acontecer com você? É cruel.

— Não, cruel não é. Eu ouvi o que você estava cantando.

É do homem o Riso e a Dor
Quem disto é sabedor
Trilha o mundo sem temor...

— Trilho sem temor porque sei por que estou aqui. E quanto a você, Ellie...

Toda Noite, todo Dia
Há quem nasce à Alegria

— É *você*.

— Queria não ter temor — disse Ellie.

— E tem?

— Não gosto de ser ameaçada. Não gosto que me lancem maldições.

— Está falando da cigana?

— Estou.

— Esqueça disso. Esqueça, por hoje. Sejamos felizes. Ellie... à sua saúde... Vida longa a você... E, a mim, um fim rápido e misericordioso... E boa sorte ao nosso Mike... — Ele parou com a taça voltada para Greta.

— Sim? — disse Greta. — E a mim?

— E a você, o que lhe virá! Sucesso, quem sabe? — disse, meio zombeteiro e irônico.

Ele partiu cedo na manhã seguinte.

— Que homem estranho — comentou Ellie. — Nunca o entendi.

— Nunca entendo metade do que ele diz — respondi.

— Ele sabe como as coisas são — observou Ellie, pensativa.

— Você quer dizer que ele conhece o futuro?

— Não, não foi o que quis dizer. Ele entende as pessoas. Já lhe disse uma vez. Ele entende as pessoas melhor do que elas mesmas. Às vezes as odeia por causa disso, às vezes sente pena. Não sente pena de mim, porém — falou, reflexiva.

— E por que sentiria?

— Ah, porque sim...

Capítulo 16

Foi no dia seguinte, à tarde, quando eu caminhava com certa pressa pela parte mais escura da floresta, onde a penumbra dos pinheiros era mais ameaçadora do que em outros lugares, que vi a figura de uma mulher alta parada no caminho de casa. Dei um passo veloz para fora da trilha, por impulso. Pressupus que fosse nossa cigana, mas parei de súbito quando identifiquei quem era de fato. Era minha mãe. Estava ali, parada, lânguida, sinistra e grisalha.

— Deus do Céu — falei —, você me assustou, mãe. O que está fazendo aqui? Veio nos visitar? Já convidamos várias vezes, não foi?

Na verdade, não. Eu fizera um convite muito morno, e só. E de uma maneira garantia que minha mãe não aceitaria. Eu não a queria ali. Nunca quis.

— Tem razão. Finalmente vim visitá-los. Ver se está tudo bem com vocês. Então esta é a casa grandiosa que construiu, e é mesmo grandiosa — disse ela, olhando por cima do meu ombro.

Achei ter detectado na voz dela a acidez da reprovação que eu já esperava.

— Grandiosa demais para alguém como eu, é? — falei.

— Não foi o que eu disse, rapaz.

— Mas foi o que pensou.

— Não foi para isso que nasceu, e nada de bom acontece a quem abandona a condição que a vida lhe deu.

— Ninguém chegaria a lugar algum se a escutasse.

— Sim, eu sei que é o que diz e pensa, mas não sei que bem a ambição já fez a qualquer um. É o tipo de coisa que azeda quando se põe na boca.

— Ah, pelo amor de Deus, não comece com resmungos. Venha. Venha comigo até nossa casa grandiosa, ponha seus pés lá dentro e torça o nariz. Venha conhecer também minha esposa grandiosa e, se ousar, torça o nariz.

— Sua esposa? Eu já a conheço.

— Como assim, já a conhece? — perguntei.

— Então ela não lhe contou, é?

— O quê?

— Que ela foi me conhecer.

— Ela foi conhecê-la? — repeti, perplexo.

— Sim. Lá estava ela um dia, em frente à porta, tocando a campainha e com cara de assustada. Uma moça bonita e doce, vestindo trajes finos. Ela disse: "A senhora é mãe de Mike, não é?", e eu falei: "Sim, e a senhorita seria?", e ela: "Sou a esposa dele." Ela também falou: "Precisava conhecer a senhora. Não me parece correto não conhecer a mãe de Mike..." E eu falei: "Aposto que *ele* não queria que me conhecesse", e ela hesitou, então completei: "Você não precisa de mim para lhe dizer isso. Conheço meu rapaz e sei o que ele ia querer e não ia querer." Ela disse: "A senhora acha... Talvez ele tenha vergonha da senhora porque vocês são pobres e eu sou rica, mas não é nada disso. Ele não tem nada disso. Não tem, não tem mesmo." Falei de novo: "Você não precisa que eu diga, minha jovem. Sei das falhas do meu rapaz. Esta não é uma. Ele não tem vergonha de sua mãe e não tem vergonha de suas origens."

"'Ele não tem vergonha de mim', expliquei a ela. 'Ele, se tem algo em relação a mim, é *medo*. Pois veja, eu sei muito a respeito dele.' E me pareceu que ela achou a resposta curiosa, porque disse: 'Creio que as mães sempre sejam assim: sabem tudo sobre os filhos. E creio que filhos sempre sentem vergonha disso!'

"Falei de uma maneira que poderia ser válida. Quando se é jovem, você está sempre encenando um papel perante o mundo. Lembro de mim mesma, quando criança na casa de minha tia. Na parede acima da minha cama havia um grande olho em uma moldura dourada. Lia-se: 'Tu és Deus que me vê.' Me dava calafrios na espinha antes de dormir."

— Ellie deveria ter me contado que foi ver a senhora — falei. — Não entendo por que guardou segredo. Ela deveria ter contado.

Fiquei irritado. Fiquei muito irritado. Eu não tinha ideia de que Ellie guardaria segredos como aquele de mim.

— Ela estava um pouco assustada com o que havia feito, talvez, mas não tinha motivo para se assustar com você, meu garoto.

— Enfim — falei —, venha ver nossa casa.

Não sei se ela gostou ou não da casa. Creio que não. Olhou os aposentos, ergueu as sobrancelhas e então foi à varanda. Ellie e Greta estavam sentadas lá. Tinham acabado de entrar, e Greta usava um manto de lã escarlate sobre parte dos ombros. Minha mãe olhou para as duas. Ficou parada por um instante, como se estivesse enraizada no chão. Ellie deu um salto e se aproximou, cruzando a sala.

— Ah, é Mrs. Rogers — disse ela, depois virou-se para Greta. — É a mãe de Mike, que veio nos visitar e conhecer nossa casa. Não é maravilhoso? Esta é minha amiga, Greta Andersen.

Ela estendeu as duas mãos, e tomou as de minha mãe, que a fitou séria, depois olhou por cima de seu ombro, para Greta, bastante séria.

— Entendo — falou para si. — Entendo.

— O que a senhora entende? — perguntou Ellie.

— Eu estava pensando — respondeu minha mãe. — Estava pensando como seriam as coisas aqui. — Ela olhou em volta. — Sim, uma bela casa. Belas cortinas, belas poltronas, belos quadros.

— Tem que tomar chá conosco — disse Ellie.

— Mas parece que acabaram de tomar.

— A hora do chá nunca precisa acabar — declarou Ellie, então dirigiu-se a Greta. — Não vou soar a sineta. Greta, pode ir à cozinha e preparar mais uma chaleira?

— É claro, querida — confirmou Greta, e saiu da sala olhando por cima do ombro de um modo incisivo, quase assustado, para minha mãe.

Minha mãe sentou-se.

— Onde está a bagagem da senhora? — perguntou Ellie. — Veio para ficar? Espero que sim.

— Não, minha jovem, não vou ficar. Voltarei de trem em meia hora. Só queria ver como estavam. — Então complementou com pressa, provavelmente porque queria partir antes que Greta voltasse: — E não se preocupe, meu doce, já contei a ele que me fez uma visita.

— Sinto muito por não ter contado, Mike — falou Ellie com veemência —, mas achei que não devia.

— Ela foi por bondade no coração, foi mesmo — garantiu minha mãe. — Você se casou com uma boa moça, Mike, e bonita. Sim, muito bonita. — Então emendou, quase inaudível: — Desculpe.

— Desculpar? — disse Ellie, levemente surpresa.

— Desculpe por pensar o que pensei — explicou minha mãe, e concluiu com um leve ar de esforço: — Bom, como se diz, mães são assim. Sempre propensas a desconfiar das noras. Mas quando a vi, percebi que ele teve sorte. Parecia bom demais para ser verdade, ah, parecia.

— Que impertinência — falei, mas sorri para ela. — Eu sempre tive gosto excelente.

— Você sempre teve gosto caro, é isso que quer dizer — retrucou minha mãe, olhando os brocados nas cortinas.

— De fato, não sou a pior pessoa para quem tem gostos caros — disse Ellie, sorrindo para ela.

— Faça ele economizar de tempos em tempos — pediu minha mãe. — Fará bem para o caráter.

— Eu me recuso a melhorar meu caráter — falei. — A vantagem de ter uma esposa é que ela acha tudo que você faz perfeito. Não é mesmo, Ellie?

Ellie estava com aparência feliz de novo. Ela riu e disse:

— Você está muito convencido, Mike! Quanta presunção!

Greta voltou com a chaleira. Havíamos iniciado pouco à vontade, mas já começávamos a superar. Por algum motivo, quando Greta voltou, o constrangimento retornou com ela. Minha mãe resistiu a todos os esforços da parte de Ellie para que ficasse, e Ellie logo parou de insistir. Nós dois acompanhamos minha mãe pela entrada sinuosa em meio às árvores, até o portão.

— Como vocês a chamam? — perguntou minha mãe, abruptamente.

— Passo do Cigano — respondeu Ellie.

— Ah, sim, pois há ciganos por aqui, não é?

— Como sabia? — questionei.

— Vi uma quando cheguei. Me pareceu muito esquisita, mesmo.

— Na verdade ela é normal — falei —, um pouco ruim da cachola, mais nada.

— Por que diz que é ruim da cachola? Ela ficou com uma cara estranha quando me viu. Tem algum desgosto com vocês?

— Não creio que seja real — disse Ellie. — Acho que ela imaginou tudo. Que nós a expulsamos das suas terras ou algo assim.

— Imagino que queira dinheiro — opinou minha mãe. — É bem coisa dos ciganos. Vez por outra fazem um estardalhaço porque foram passados para trás ou isso ou aquilo. Mas, se têm dinheiro nas palminhas ávidas, logo esquecem.

— A senhora não gosta de ciganos — observou Ellie.

— São um bando de ladrões. Não trabalham direito e não sabem tirar as mãos do que não lhes pertence.

— Ah, bem — disse Ellie —, nós... nós... não nos preocupamos mais.

Minha mãe despediu-se e emendou:

— Quem é a jovem que mora com vocês?

Ellie explicou que Greta fora sua dama de companhia por três anos antes do casamento e que, se não fosse por ela, teria uma vida desgraçada.

— Greta fez de tudo para nos ajudar. É uma pessoa maravilhosa — elogiou Ellie. — Eu não saberia como... como seguir sem ela.

— Ela está morando com vocês, ou só de visita?

— Ah, então. — Ellie desviou da pergunta. — Ela... ela está morando conosco no momento, porque torci o tornozelo e precisava de alguém que cuidasse de mim. Mas já estou bem.

— Um casal fica melhor sozinho quando está começando a vida — disse minha mãe.

Ficamos parados no portão assistindo a minha mãe se afastar.

— Ela tem uma personalidade forte — comentou Ellie, pensativa.

Eu estava irritado com Ellie por ter procurado minha mãe e feito uma visita sem me contar. Mas quando ela se virou e me olhou com uma sobrancelha um pouco erguida e aquele sorriso de garotinha meio tímida, meio contente, não pude deixar de abrandar.

— Que coisinha ardilosa, você — falei.

— Bem, algumas vezes tive que ser, você sabe.

— É como uma peça de Shakespeare que vi. Encenaram no meu colégio. — Citei, sem jeito: — "Se traiu o pai, trair a ti não será percalço."

— Quem você interpretou? Otelo?

— Não. Eu era o pai da garota. Imagino que seja por isso que lembro da fala. Praticamente a única coisa que eu precisava falar.

— "Se traiu o pai, trair a ti não será percalço." — repetiu Ellie, pensativa. — Eu nem traí meu pai, até onde sei. Talvez tenha feito isso, porém.

— Creio que ele não aceitaria nosso casamento de bom grado, não mais que sua madrasta.

— Não, creio que não. Acho que ele era muito tradicional. — Então ela me dirigiu de novo aquele olhar de garotinha. — Imagino que eu teria que fazer como Desdêmona: trair meu pai e fugir com você.

— Por que queria tanto conhecer minha mãe, Ellie? — perguntei, curioso.

— Não é tanto que eu quisesse conhecê-la, mas porque me sentia horrível por não fazer nada. Você não fala de sua mãe com muita frequência, mas entendi que ela sempre fez tudo que pôde por você. Que vinha em seu resgate, que trabalhou bastante para lhe dar instrução e essas coisas. Achei que parecia muito baixo e desmedido da minha parte não me aproximar dela.

— Bom, não seria culpa sua — falei —, seria minha.

— Sim. Entendo que talvez você não quisesse que eu fosse conhecê-la.

— Você acha que tenho um complexo de inferioridade em relação a minha mãe? Isto não é verdade, Ellie, garanto que não é. Não foi assim.

— Não — disse Ellie, pensativa. — Agora eu sei. Foi porque você não queria que ela fizesse estas coisas de mãe.

— Coisas de mãe?

— Bem. Eu vejo que ela é o tipo de pessoa que saberia muito bem o que as outras pessoas têm que fazer. Digo, ela gostaria que você tivesse tais e tais empregos.

— Com certeza. Cargos fixos. Sossegado.

— Agora não faria muita diferença. Ouso dizer que foi ótimo conselho. Mas não seria o melhor conselho para *você*, Mike. Você não é de sossegar. Não quer algo fixo.

Quer sair por aí, ver de tudo, fazer de tudo... chegar ao topo do mundo.

— Quero ficar nesta casa, com você — falei.

— Por algum tempo, quem sabe... E eu acho... acho que sempre vai querer voltar. E eu também. Acho que viremos aqui todo ano e acho que seremos mais felizes aqui do que em qualquer outro lugar. Mas você também vai querer conhecer outros lugares. Você quer viajar, ver outras coisas, fazer compras. Talvez tenha novos planos para o jardim. Talvez vá conferir os jardins italianos, os jardins japoneses, os jardins paisagísticos de todo tipo.

— Você faz a vida parecer empolgante, Ellie. Desculpe-me por ter me zangado.

— Ah, não me importo que se zangue. Não tenho medo de você. — Então emendou, fechando a cara: — Sua mãe não gostou de Greta.

— Muita gente não gosta de Greta — comentei.

— Inclusive você.

— Ora, Ellie, veja bem. Você sempre diz isto, mas não é verdade. Só fiquei com um certo ciúme no início, nada mais. Agora nos damos bem. — E complementei: — Creio que talvez ela deixe os outros na defensiva.

— Mr. Lippincott também não gosta dela, não é? Ele acha que ela tem influência demais sobre mim.

— E tem?

— Por que você perguntaria isto? Sim, creio que talvez tenha. É natural, pois é uma personalidade bastante dominadora, e eu precisava de alguém em quem confiar, em quem pudesse me apoiar. Alguém que me defendesse.

— E que a ajudasse a conseguir as coisas a seu modo? — perguntei a ela, rindo.

Entramos na casa de braços dados. Por algum motivo, aquela tarde parecia escura. Imagino que seja porque o sol havia acabado de deixar a varanda, criando uma sensação de trevas. Ellie disse:

— O que foi, Mike?

— Não sei. De repente senti um arrepio.

— Passou um fantasma. É assim que dizem, não é?

Não se via Greta. Os criados disseram que ela havia saído para uma caminhada.

Agora que minha mãe sabia tudo do meu casamento e conhecera Ellie, fiz o que queria fazer de fato há muito tempo. Eu lhe enviei um cheque polpudo. Disse para mudar-se para uma casa melhor, comprar toda a mobília que quisesse. Coisas assim. Claro que tive dúvidas se ela aceitaria ou não. Não era dinheiro pelo qual eu havia trabalhado nem tinha como fingir que era o caso. Como eu esperava, ela devolveu o cheque rasgado ao meio com um bilhete rabiscado às pressas. "Não quero ligação alguma com isto", escreveu. "Você nunca mudará. Agora que sei disso, que os céus o ajudem." Joguei-o no chão em frente a Ellie.

— Veja como minha mãe é — falei. — Casei com uma herdeira, vivo do dinheiro da minha esposa rica, e a velha reclamona é contra!

— Não se preocupe — disse Ellie. — Muita gente pensa assim. Ela vai superar. Ela ama você, Mike.

— Então por que fica o tempo todo querendo que eu mude? Quer que eu siga o padrão *dela.* Eu sou eu mesmo. Não sou o padrão dos outros. Não sou o garotinho da minha mãe, para ser moldado como ela quiser. Eu sou *eu.* Sou um adulto. Sou *eu*!

— Você é você — concordou Ellie. — E eu te amo.

Então, talvez para me distrair, disse algo bastante inquietante.

— O que achou deste nosso novo mordomo?

Não havia parado para pensar nele. O que devia pensar? No mínimo, preferia ele ao último, que não se preocupou nem um pouco em encobrir sua opinião negativa quanto a meu status social.

— Ele é normal — respondi. — Por quê?

— Fiquei pensando se seria um segurança.

— Um segurança? Como assim?

— Um detetive. Achei que poderia ter sido contratado pelo tio Andrew.

— Por que ele contrataria?

— Bom... medo de sequestro, imagino. Nos Estados Unidos, como sabe, costumávamos andar com seguranças. Principalmente no interior.

Outra das desvantagens de ter dinheiro e que eu não sabia!

— Que ideia abissal!

— Ah, não sei... Acho que me acostumei. Que diferença faz? Nem se percebe.

— A esposa também está envolvida?

— Teria que estar, creio eu, embora cozinhe muito bem. Devo achar que tio Andrew, ou quem sabe Stanford Lloyd, seja lá qual dos dois teve a ideia, deve ter pago aos últimos para ir embora, e tinha estes dois de prontidão para assumir. Seria fácil.

— Sem lhe contar? — Eu continuava incrédulo.

— Eles nunca sonhariam em me contar. Eu faria um estardalhaço. Enfim, posso estar errada. — Ela seguiu, sonhadora. — É que se tem uma sensação quando se está acostumada a ter essa gente ao redor.

— Pobre riquinha — falei, brutal.

Ellie não se importou.

— Acho que é uma boa descrição — disse ela.

— O que eu aprendo com você a cada momento, Ellie...

Capítulo 17

Que coisa misteriosa é o sono. Você vai para a cama preocupado com ciganos e inimigos ocultos, com detetives infiltrados na sua casa e possibilidades de sequestro e centenas de outras coisas; e o sono despacha você para outro lugar. Você se desloca para longe, não sabe onde estava, mas quando acorda, o mundo é outro. Sem preocupações, sem apreensões. Em vez disso, quando acordei em 17 de setembro, eu estava com um humor entusiasmadíssimo.

— Um dia maravilhoso — disse a mim mesmo com convicção. — Será um dia maravilhoso.

E falei sério. Era como aquela gente dos anúncios publicitários que se oferece a ir para qualquer lugar e fazer qualquer coisa. Repassei os planos na cabeça. Eu havia combinado de encontrar Major Phillpot no leilão em uma casa de campo a mais ou menos 25 quilômetros da nossa casa. O evento tinha itens muito bons e eu já havia separado dois ou três no catálogo. Estava muito animado.

Phillpot era um grande conhecedor de mobília de época, prataria e coisas assim, não por algum pendor artístico — era um homem plenamente dos excessos —, mas apenas por saber. Sua família inteira era entendida.

Conferi o catálogo durante o café da manhã. Ellie havia descido com trajes de equitação. Vinha cavalgando quase toda manhã — às vezes sozinha, às vezes com Claudia. Tinha o hábito americano de desjejum: café, um copo de suco de laranja e nada mais. Meus gostos, agora que não precisava mais me restringir de modo algum, eram os de um fidalgo vitoriano! Agradava-me ver pratos quentes no aparador. Comia rins pela manhã, com salsichas e bacon. Uma delícia.

— O que vai fazer, Greta? — perguntei.

Ela disse que se encontraria com Claudia Hardcastle na estação de Market Chadwell e que iriam a Londres para um leilão de linhos. Quis saber o que seria um leilão de linhos.

— Tudo é de linho? — perguntei.

Greta assumiu uma expressão desdenhosa e explicou que um leilão de linhos consistia em um leilão de roupas de cama, cobertores, toalhas etc. Havia boas promoções em uma loja especial da Bond Street, que havia lhe enviado o catálogo.

Falei a Ellie:

— Bom, se Greta vai passar o dia em Londres, por que não vai de carro e nos encontra no George, em Bartington? Diz o velho Phillpot que o almoço lá é muito bom. Ele mesmo sugeriu que você fosse. À uma hora. É só atravessar Market Chadwell e fazer a curva cinco quilômetros depois. Creio que haja uma placa.

— Tudo bem — disse Ellie. — Estarei lá.

Eu a ajudei a montar e ela saiu cavalgando por entre as árvores. Ellie adorava cavalgar. Costumava sair por uma das trilhas sinuosas, surgia nos promontórios e fazia uma galopada antes de voltar para casa. Deixei o carro menor para Ellie, pois era mais fácil de estacionar, e peguei o Chrysler grande. Cheguei à Mansão Bartington pouco antes de o leilão começar. Phillpot já chegara e guardara lugar para mim.

— Material muito bonito por aqui — comentou ele. — Um ou dois quadros bons. Um Romney e um Reynolds. Não sei se você se interessa.

Fiz que não. Meu gosto naquele momento estava totalmente voltado para artistas modernos.

— Vários *marchands* aqui — falou Phillpot —, alguns de Londres. Está vendo aquele magro com os lábios franzidos? É Cressington. Muito conhecido. Não trouxe a esposa?

— Não, ela não é muito disposta a leilões. Enfim, especificamente não quis que ela viesse hoje de manhã.

— Ah, não? Por quê?

— Farei uma surpresa para Ellie. Notou o Lote 42?

Ele deu uma espiada no catálogo e depois olhou pela sala.

— Hm. Aquela escrivaninha de *papier mâché*? Sim. Bela peça. Um dos melhores exemplares de *papier mâché* que já vi. Rara, também. Existem muitos tipos de escrivaninhas. Mas esta é das primeiras. Nunca vi uma assim.

A pequena peça era incrustada com um desenho do Castelo de Windsor e as laterais tinham buquês de rosas, cardos e trevos.

— Muito bem conservada — disse Phillpot. Ele olhou para mim, indagativo. — Não achei que seria do seu gosto, mas...

— Ah, mas não é. Muito florida e feminina para mim. Mas Ellie adora essas coisas. O aniversário dela é na semana que vem e quero lhe dar de presente. Será uma surpresa. Por isso que não queria que ela soubesse que vim aqui dar um lance. Mas sei que não há nada que eu poderia lhe dar que ela gostasse mais. Vai ficar muito surpresa.

Entramos, ocupamos nossos assentos e o leilão começou. Na verdade, a peça que eu queria atingiu preço alto. Os dois *marchands* de Londres pareciam ávidos por ela, embora um fosse tão experiente e reservado a respeito que mal se notava o movimento infinitésimo que fazia com seu catálogo, que o leiloeiro observava atentamente. Também comprei uma cadeira Chippendale com entalhes, pois achei que ficaria bem na nossa entrada, e enormes cortinas de brocado em bom estado.

— Bom, parece que você aproveitou bem — observou Phillpot, pondo-se de pé assim que o leiloeiro encerrou as vendas da manhã. — Quer voltar à tarde?

Balancei a cabeça.

— Não, não há nada na segunda metade da venda que eu queira. É mais mobília de quarto, tapetes e coisas assim.

— Pois não achei que se interessaria. Bem... — Ele olhou o relógio. — É bom partirmos. Ellie vai nos encontrar no George?

— Sim, estará lá.

— E... hã... a senhorita Andersen?

— Ah, Greta foi a Londres — respondi. — Ao que chamou de um leilão de linhos. Com a senhorita Hardcastle, se não me engano.

— Ah, sim, Claudia mencionou outro dia. Hoje em dia lençóis e estas coisas têm preços fabulosos. Sabe quanto custa uma fronha de linho? Trinta e cinco xelins. Antes se comprava por seis xelins.

— Você é entendido de compras domésticas — comentei.

— Bom, ouço minha mulher reclamar. — Phillpot sorriu. — Você está rosado de contente, Mike. Feliz como um garoto no veraneio.

— É porque consegui a mesa de *papier mâché*. Ou, de qualquer maneira, é isto em parte. Simplesmente acordei feliz hoje. Você sabe, os dias em que tudo no mundo parece correto.

— Hmm, tenha cuidado. É o que chamam de estar "à beira".

— "À beira"? Isso é coisa da Escócia, não é?

— É o que precede as tragédias, meu garoto. Melhor maneirar na exuberância.

— Ah, eu não acredito nestas superstições.

— Nem em profecias de ciganos, é?

— Não temos visto nossa cigana. Bom, não a vemos há uma semana.

— Talvez ela não esteja por aqui — disse Phillpot.

Ele me perguntou se eu lhe daria uma carona, e respondi que sim.

— Não há por que ir em dois. Você pode me deixar aqui na volta, sim? E Ellie, ela trará o carro?

— Sim, virá no menor.

— Espero que o George tenha um almoço bom hoje. Estou com fome.

— Comprou alguma coisa? — perguntei. — Estava muito animado para prestar atenção.

— É, você tem que manter o juízo quando vai dar lances. Precisa perceber o que os leiloeiros fazem. Não. Fiz um ou dois lances, mas tudo ficou acima do meu preço.

Entendi que, embora Phillpot fosse proprietário de um enorme número de terras nos arredores, sua renda real não somava muito. Ele era o que se pode descrever como um latifundiário pobre. Só poderia esbanjar se vendesse boa parte das terras, e não queria vender. Amava o que tinha.

Chegamos ao George e encontramos vários carros à espera. Possivelmente algumas pessoas do leilão. Não vi o de Ellie. Entramos, procurei por ela, mas ainda não havia aparecido. Já era pouco mais de uma hora.

Fomos tomar um drinque no balcão enquanto aguardávamos a chegada de Ellie. O lugar estava abarrotado. Olhei para o salão, onde ainda guardavam nossa mesa. Havia muitos rostos locais que eu conhecia e, próximo à janela, um homem cujo rosto me pareceu familiar. Tinha certeza de que o conhecia, mas não lembrava de onde nem quando. Creio que não fosse da redondeza, pois seus trajes não combinavam com a região. Claro que já esbarrei com muita gente na vida e é improvável que vá recordar de todos com facilidade. Ele não estivera no leilão, até onde eu conseguia lembrar, embora, estranhamente, lá houvesse um rosto que pensei reconhecer mas não consegui situar. Rostos são complicados, a não ser quando você consegue fazer a conexão no primeiro instante.

A deusa que gerenciava o George, farfalhando em seu usual vestido de seda negra ao estilo eduardiano afetado, veio até mim e falou:

— Você virá logo para a mesa, Mr. Rogers? Temos duas pessoas na espera.

— Minha esposa chegará em um ou dois minutos — respondi. Voltei para reencontrar Phillpot. Achei que um pneu do carro de Ellie poderia ter furado.

— É bom entrarmos — expliquei —, parece que estão incomodados com nossa demora. Está lotado hoje. Temo que Ellie não seja das mais pontuais.

— Ah — disse Phillpot, a seu estilo antiquado —, as moças fazem questão de nos deixar esperando, não é? Tudo bem, Mike, se por você não houver problema. Entramos e começamos o almoço.

Entramos no salão, escolhemos bifes e torta de rins e começamos.

— Que pena para Ellie nos dar esse bolo — comentei. Complementei que provavelmente era porque Greta estava em Londres. — É que Ellie está muito acostumada a ter Greta para lhe ajudar nos compromissos, lembrar dos horários, prepará-la a tempo e tudo mais.

— Ela é muito dependente da senhorita Andersen?

— Neste sentido, sim.

Começamos a comer e passamos do bife e da torta de rins à torta de maçã com uma camada vergonhosa de massa folhada.

— Será que ela esqueceu? — perguntei, de repente.

— Talvez você devesse telefonar.

— Sim, talvez seja melhor.

Fui até o telefone e liguei. Mrs. Carson, a cozinheira, atendeu.

— Ah, é o senhor, Mr. Rogers. Mrs. Rogers ainda não voltou.

— Como assim, ainda não voltou? Voltou de onde?

— Ela ainda não voltou da cavalgada.

— Mas ela saiu logo após o café da manhã. Não pode ter cavalgado a manhã inteira.

— Ela não informou nada de diferente. Eu já a esperava de volta.

— Por que não telefonou antes para me avisar?

— É que eu não sabia onde encontrá-lo, senhor. Não sabia aonde o senhor tinha ido.

Disse a ela que estava no George, em Bartington, e lhe passei o número. Deveria telefonar assim que Ellie chegasse ou que tivesse notícias. Então voltei para reencontrar Phillpot. Ele viu, pela minha expressão, que havia algo de errado.

— Ellie ainda não chegou em casa — contei. — Saiu para cavalgar pela manhã. É o que costuma fazer quase todo dia, mas só costuma durar entre uma hora e uma hora e meia.

— Não se preocupe antes do necessário, garoto — aconselhou ele, gentil. — A casa de vocês fica bem afastada, como sabe. Talvez o cavalo tenha se machucado e ela esteja voltando a pé. Há todos aqueles brejos e promontórios depois da floresta. Não há ninguém naquelas partes que possa enviar uma mensagem.

— Se houvesse mudado os planos e tivesse ido visitar alguém a cavalo, ela teria ligado para cá. Teria nos deixado uma mensagem.

— Bom, não fique nervoso ainda. Acho melhor irmos agora, imediatamente, para ver o que descobrimos.

Enquanto íamos para o estacionamento, outro carro saía. Dentro, o homem que eu havia notado no salão. De repente me ocorreu quem seria. Stanford Lloyd — ou alguém muito parecido. Fiquei me perguntando o que estaria fazendo ali. Estaria atrás de nós? Se fosse o caso, era estranho não ter avisado. No carro, com ele, estava uma mulher que parecia Claudia Hardcastle. Mas ela fora com Greta a Londres, às compras. Tudo aquilo me deixou aturdido...

Enquanto eu dirigia, Phillpot me olhou uma ou duas vezes. Captei seu olhar uma vez e falei, amargo:

— Tudo bem. Você falou que eu estava "à beira" hoje pela manhã.

— Bom, não pense nisso. Ela pode ter caído e torcido o tornozelo ou algo assim. Por outro lado, é uma boa amazona. Já a vi cavalgando. Não creio que um acidente seja provável.

— Acidentes podem acontecer a qualquer um — falei.

Dirigi depressa até enfim chegarmos à estrada passando os promontórios além da nossa propriedade, olhando em volta enquanto avançávamos. Vez por outra parávamos alguém para perguntar. Paramos um homem que estava escavando turfa e conseguimos a primeira notícia.

— Vi um cavalo sozinho, vi sim — informou ele. — Faz umas duas horas, mais, até. Eu ia pegar, mas ele saiu no galope quando cheguei perto. Mas não vi ninguém.

— Melhor ir para casa — sugeriu Phillpot. — Talvez lá você tenha notícias.

Fomos para casa, mas não havia notícias. Encontramos o cavalariço e o despachamos a cavalgar pela charneca em busca de Ellie. Phillpot telefonou para a própria casa e enviou um de seus criados. Ele e eu subimos uma trilha juntos na floresta, a que Ellie costumava fazer, e chegamos ao promontório.

De início não havia nada a se ver. Caminhamos pela beira da floresta próxima a onde ficava um dos outros caminhos, então... encontramos. Vimos o que parecia um amontoado de roupas. O cavalo havia voltado e estava parado, pastando por perto. Comecei a correr. Phillpot me acompanhou mais depressa do que pensei que um homem de sua idade seria capaz de correr.

Ela estava lá... deitada em um amontoado de roupa amarfanhada, o rostinho pálido voltado para o céu.

— Não posso... não posso... — falei, virando o rosto.

Phillpot chegou e ajoelhou-se a seu lado. Levantou-se quase imediatamente.

— Vamos chamar um médico — disse ele. — Shaw. Ele é o mais próximo. Mas... creio que não vá ajudar, Mike.

— Quer dizer que... ela morreu?

— Sim. Pensar de outro modo não nos ajudará.

— Meu Deus! — exclamei, e me virei. — Eu não acredito. Ellie, não.

— Tome isto — disse Phillpot.

Ele tirou um cantil do bolso, puxou a tampa e me entregou. Tomei um longo gole.

— Obrigado — falei.

O cavalariço apareceu, e Phillpot o despachou para trazer o Dr. Shaw.

Capítulo 18

Shaw chegou em um Land Rover antigo e surrado. Imagino que fosse o carro que usava para visitar fazendas isoladas quando o tempo estava ruim. Mal nos dirigiu o olhar. Foi direto a Ellie e se agachou. Depois veio ter conosco.

— Está morta há pelo menos três ou quatro horas — informou. — O que aconteceu?

Contei que naquela manhã ela havia saído para cavalgar após o café da manhã, como de costume.

— Desde que começou a cavalgar, ela já sofreu algum acidente?

— Não, ela montava muito bem.

— Sim, sei que sabia cavalgar. Já a vi uma ou duas vezes. Ela cavalga desde criança, pelo que sei. Fiquei pensando se não houve um acidente recente e que possa a ter deixado abalada. Se o cavalo se assustou...

— Por que o cavalo se assustaria? É forte e tranquilo...

— Não há nada de pernicioso neste cavalo em específico — disse Major Phillpot. — Ele é bem comportado, nada irascível. Ela quebrou algum osso?

— Ainda não fiz um exame completo, mas não parece ferida fisicamente. Pode haver ferimento interno. Pode ter sido um choque, creio eu.

— Mas ninguém morre de choque — falei.

— Já houve pessoas que morreram de choque. Se ela tivesse um coração fraco...

— Nos Estados Unidos diziam que o coração dela era fraco... Com alguma deficiência, pelo menos.

— Hm. Não vi nenhum vestígio quando a examinei, mas também não temos um cardiógrafo. Enfim, não há sentido em tratar disso agora. Saberemos mais tarde. Depois do inquérito.

Ele me olhou com consideração, depois me deu um tapinha no ombro.

— Vá para casa e deite-se. Você é quem está em choque.

Àquele modo esquisito em que as pessoas se materializam do nada no interior, já havia três ou quatro perto de nós. Um era um andarilho que viera da estrada principal ao ver nosso grupelho, outro era uma mulher de rosto rosado que creio que estivesse fazendo atalho para uma fazenda e outro era um operário que fazia serviços na estrada. Eles soltavam exclamações e comentários.

— Pobre da moça.

— Tão nova. Caiu do cavalo, foi?

— Ah, pois é, com cavalo nunca se sabe.

— É Mrs. Rogers, não é? A moça americana da Torres?

Foi só depois que todos pregaram seu espanto que o velho da estrada falou. Ele nos deu informação. Fazendo que não com a cabeça, disse:

— Mas acho que eu vi. Acho que vi o que se sucedeu.

O médico virou-se abruptamente para ele.

— O que o senhor viu?

— Vi um cavalo correndo no campo.

— E viu a moça cair?

— Não, isso não. Ela cavalgava lá no alto da floresta quando eu vi e depois eu dei as costas para cortar pedra para a estrada. Aí ouvi um trote e quando levantei lá vinha o cavalo a galope. Nem achei que tinha tido acidente. Achei que a moça tinha apeado e soltado o cavalo. Não estava vindo para mim, estava indo para o outro lado.

— O senhor não viu a moça caída no chão?

— Não, eu não vejo bem de longe. Só vi o cavalo porque é escuro, né?

— Ela estava cavalgando sozinha? Havia alguém com ela, ou próximo dela?

— Ninguém perto, não. Ela estava sozinha, sozinha. Veio pertinho de mim, veio passando, aí seguiu caminho. Para a floresta, acho. Não, não vi ninguém tirando ela e o cavalo.

— A cigana que deve ter assustado ela — opinou a mulher de rosto rosado.

Eu me virei.

— Qual cigana? Quando?

— Ah, deve ter sido... Bom, isso tem umas três, quatro horas, quando eu andava pela estrada hoje de manhã. Era umas 9h45, a hora que eu vi a cigana. A que mora nas choupanas do vilarejo. Pelo menos achei que era. Eu não estava perto o bastante para ter certeza. Mas ela é a única que anda por aqui de xale vermelho. Estava caminhando por uma trilha entre as árvores. Alguém me contou que ela tinha dito umas coisas feias para a pobre moça americana. Que ameaçou ela. Falou que ia acontecer uma coisa ruim se ela não saísse daqui. Muito ameaçadora, ouvi dizerem.

— A cigana — falei. Então, contrariado comigo mesmo, pensei em voz alta: — Passo do Cigano. Preferia não ter conhecido este lugar.

LIVRO

3

Capítulo 19

É extraordinariamente difícil lembrar o que aconteceu depois. A sequência dos fatos, digo. Até então, está tudo claro na minha mente. Eu estava com certa dúvida quanto ao ponto por onde começar, apenas isto. Mas daí em diante foi como se caísse uma faca e cortasse minha vida em duas. O que passei depois da morte de Ellie agora me parece algo para o que eu não estava preparado. Uma balbúrdia de pessoas e elementos e acontecimentos atropelando-se, eu não mais no controle de nada. As coisas aconteciam não comigo, mas ao meu redor. Era o que aparentava.

Todos foram muito gentis comigo. Parece que é disso que lembro melhor. Eu andava aos tropeços, de aparência pasma, sem saber como agir. Greta, lembro bem, estava no seu ambiente. Tinha aquele poder sensacional que as mulheres têm de tomar as rédeas de uma situação e resolver. De lidar, no caso, com todos os detalhes pequenos e desimportantes com os quais é preciso lidar. Eu seria incapaz de tratar daquilo.

Creio que a primeira coisa que me lembro com clareza depois que levaram Ellie embora e que voltei para minha casa — nossa casa... *a* casa — foi de quando o Dr. Shaw veio conversar comigo. Não sei quanto tempo depois. Ele foi tranquilo, gentil, sensato. Explicou tudo de maneira clara e delicada.

Preparativos. Lembro que ele usou a palavra preparativos. Que palavra odiosa, ela e tudo que representa. As coisas na vida que têm palavras grandiosas — amor, sexo, vida, morte, ódio — estão longe de ser as que regem a existência. É uma série de outras minúcias, de coisas degradantes. Coisas que se suportar, coisas nas quais nunca se pensa até acontecerem com você. Coveiros, preparativos para velório, inquéritos. E criados que entram nos quartos para baixar as venezianas. Por que baixar as venezianas se Ellie morreu? Que coisa mais imbecil!

Foi por isso, eu lembro, que me senti muito grato ao Dr. Shaw. Ele lidava com estas coisas de maneira muito gentil e sensata, explicando com delicadeza por que e como seriam coisas como um inquérito. Falava muito devagar, eu lembro, para ter toda certeza de que eu absorvia.

Eu não sabia como seria um inquérito. Nunca participara de um. Pareceu-me algo curiosamente irreal, amador. O legista era um homenzinho inquieto com um pincenê. Tive que dar prova da identificação, descrever a última vez que vira Ellie, na mesa do café da manhã, sua saída para a cavalgada matinal de sempre, e o combinado que havíamos feito de nos encontrarmos para o almoço. Falei que ela me parecia a pessoa de sempre, de saúde perfeita.

As provas do Dr. Shaw haviam sido silentes, inconclusivas. Nenhuma ferida séria, uma clavícula quebrada e feridas que normalmente resultariam da queda de um cavalo — nada de natureza séria, e causadas à hora do falecimento. Ela aparentemente não havia se mexido depois de cair. A morte, pensou ele, fora praticamente instantânea. Nenhum ferimento específico causara a morte, e ele não sabia dar outra explicação a não ser que ela morrera de insuficiência cardíaca advinda de um choque. Até onde pude entender do linguajar médico, Ellie morrera simplesmente de ausência de fôlego — um tipo de asfixia. Seus órgãos estavam saudáveis, o conteúdo de seu estômago era normal.

Greta, que também deu testemunho, reforçou com mais veemência do que já havia feito ao Dr. Shaw que Ellie sofrera de alguma enfermidade coronária três ou quatro anos atrás. Ela nunca ouvira nada de concreto a respeito do que viria a ser, mas os parentes de Ellie ocasionalmente diziam que seu coração era fraco e que ela deveria cuidar-se para não cometer exageros. Não sabia nada mais exato.

Então chegamos às pessoas que haviam visto ou que estavam nas redondezas na hora do acidente. O velho que cortava turfa foi o primeiro. Ele vira a moça passar a mais ou menos cinquenta metros. Sabia quem ela era, apesar de nunca terem conversado. Era a moça da casa nova.

— O senhor a conhecia de vista?

— Não, não era bem de vista, mas eu conhecia o cavalo, senhor. Ele tem um machinho branco. Que era de Mr. Carey lá de Shettlegroom. Eu nunca tinha visto bicho tão comportado, que nem fazia barulho nenhum, bem certo para a moça.

— Ela estava tendo alguma dificuldade com o cavalo quando o senhor viu? Ele estava enfezado, quem sabe?

— Não, não, estava bem calmo. A manhã estava boa.

Não havia muitas pessoas ao redor, contou. Ele não notara muitas. Aquele trajeto em específico, passando o charco, não era muito usado, fora feito como atalho ocasional para uma das fazendas. Outra trilha cruzava-o mais ou menos dois quilômetros à frente. Ele vira um ou dois passantes naquela manhã, mas nada de notável. Um homem de bicicleta, outro caminhando. Estavam muito distantes para ele ver quem eram, e não percebera nada de estranho. Mais cedo, disse, antes de ver a moça cavalgando, ele avistara a velha Mrs. Lee, ou assim supunha. Ela estava subindo a trilha na direção dele, então dobrou e entrou na mata. Ela costumava caminhar pelo charco e entrar e sair da floresta.

O legista perguntou por que Mrs. Lee não estava no tribunal. Até onde ele sabia, ela havia sido convocada a participar. Disseram-lhe, contudo, que a mulher partira do vilarejo havia alguns dias — ninguém sabia exatamente quando. Ela não deixara endereço. Não era do seu hábito, ela costumava sair e voltar sem avisar a ninguém. Por isso ninguém pensou que houvesse nada de incomum. Aliás, uma ou duas pessoas comentaram que achavam que ela tinha saído do vilarejo *antes* do dia do acidente. O legista questionou o velho mais uma vez.

— O senhor acredita, contudo, que *viu* Mrs. Lee?

— Não dá para ter certeza. Sei lá. Era uma mulher alta e andava bem depressa, e tinha uma manta escarlate igual a de Mrs. Lee. Mas eu não vi a cara dela. Estava ocupado no meu trabalho. Pode ter sido ela ou pode ter sido outra pessoa. Vai saber?

Quanto ao restante, ele repetiu praticamente o que já nos dissera. Ele já havia visto a moça cavalgando pelas redondezas, a via com frequência. Não deu atenção especial. Só depois ele viu o cavalo galopando sozinho. Era como se alguma coisa houvesse assustado o animal, contou ele. Quer dizer, pode ter sido. Ele não soube estimar o horário. Pode ter sido às onze, pode ter sido mais cedo. Ele viu o cavalo muito depois, ao longe. Parecia que estava voltando em direção à mata.

Então o legista me chamou de novo e fez mais perguntas sobre Mrs. Lee. Mrs. Esther Lee, da choupana.

— O senhor e sua esposa conheciam Mrs. Lee de vista?

— Sim — falei —, e bastante.

— Já conversaram com ela?

— Sim, várias vezes. Ou melhor — informei —, ela falou conosco.

— Ela chegou a ameaçar o senhor ou sua esposa?

Fiz uma pausa de um ou dois segundos.

— Em certo sentido, sim — respondi devagar —, mas nunca pensei...

— Nunca pensou o quê?

— Nunca pensei que fosse sério.

— Ela parecia nutrir algum rancor em específico contra sua esposa?

— Foi o que Ellie disse uma vez. Que pensava que tinha algo contra ela, mas não entendia por quê.

— O senhor ou sua esposa em algum momento mandaram ela sair de suas terras, trataram-na com alguma grosseria?

— Toda agressividade vinha da parte dela.

— O senhor teve a impressão de que ela seria mentalmente desequilibrada?

Parei para pensar.

— Sim. Tive. Achei que ela passara a crer que as terras na qual havíamos construído a casa pertenciam a ela, ou à tribo dela ou seja lá como chamam. Parecia que tinha uma obsessão pelo local. — Complementei devagar: — Acho que ela estava ficando pior, cada vez mais obcecada com a ideia.

— Entendo. Ela nunca mencionou a possibilidade de violência física à sua esposa, em momento algum?

— Não — respondi lentamente —, creio que não seria justo dizer que sim. Era tudo... Bem, era como uma advertência de cigano. "Vocês terão azar se ficarem aqui. Sofrerão uma maldição se não forem embora."

— Ela usou a palavra morte?

— Sim, creio que usou. Não a levamos a sério. Ao menos — me corrigi —, eu não levei.

— Acha que sua esposa a levou a sério?

— Temo que sim, algumas vezes. A velha, como sabe, às vezes era muito inquietante. Não creio que fosse responsável de fato pelo que dizia ou fazia.

O protocolo terminou com o legista adiando o inquérito por uma quinzena. Tudo apontava para que a morte tivesse sido acidental, mas não havia provas suficientes que mostrassem a causa do acidente. Ele ia protelar o protocolo até ouvir o testemunho de Mrs. Esther Lee.

Capítulo 20

No dia após o inquérito, fui visitar o Major Phillpot e lhe informei sem delongas que queria sua opinião. Uma pessoa, que o turfeiro acreditara ser Mrs. Esther Lee, foi vista indo em direção à floresta naquela manhã.

— O senhor conhece a velha — falei. — Acredita que ela seria capaz de provocar um acidente, de malícia proposital?

— Não consigo acreditar, Mike — respondeu ele. — Para fazer algo assim, ela precisaria ter um motivo muito forte. Vingança por alguma ofensa pessoal ou algo assim. E o que Ellie fez a ela? Nada.

— Sim, eu sei, me parece loucura. Por que ela vinha sempre daquela maneira esquisita, ameaçando Ellie, dizendo que fosse embora? Parecia que guardava algum rancor dela. Mas o que seria? Ela não conhecia Ellie, nunca a vira. Como Ellie lhe seria mais que uma americana absolutamente estranha? Não há passado entre as duas, nenhum vínculo.

— Eu sei, eu sei. Não posso deixar de considerar, Mike, que haja algo aqui que não compreendemos. Não sei quanto tempo sua esposa passou na Inglaterra antes do casamento. Ela chegou a morar nesta parte do mundo por algum tempo?

— Não, disso eu tenho certeza. É tudo tão difícil. *Eu* não entendo nada sobre Ellie. Digo, quem ela conheceu, aonde foi. Nós apenas... nos encontramos. — Eu me recompus e olhei para ele. — Você não sabe como nos conhecemos, não é? Não, você não teria como adivinhar nem se tentasse cem vezes.

E de repente, sem querer, comecei a gargalhar. Então me controlei. Sentia que estava próximo da histeria.

Pude ver o rosto paciente e gentil de Major Phillpot aguardando até que eu voltasse a ser eu mesmo. Era um homem muito prestativo. Disto não havia dúvida.

— Nos conhecemos aqui — comecei. — Aqui, no Passo do Cigano. Eu havia lido no quadro de avisos a respeito do leilão da Torres e vim caminhando pela estrada até o morro, pois fiquei curioso quanto ao local. E foi aí que eu a vi. Ela estava ali, parada sob uma árvore. Eu a assustei... ou ela me assustou. Enfim, foi assim que começou. Foi assim que viemos morar neste lugar danado, amaldiçoado, infeliz.

— Sempre teve esta sensação? De que seria infeliz?

— Não. Sim. Não, não sei de fato. Nunca admiti. Nunca quis admitir. Mas creio que *ela* sabia. Acho que passou este tempo todo assustada. — Então completei devagar: — Acho que alguém quis assustá-la de propósito.

Ele falou de forma severa:

— O que quer dizer com isto? Quem queria assustá-la?

— Supostamente, a cigana. Mas não tenho tanta certeza... Ela costumava ficar parada esperando Ellie para dizer que este lugar lhe daria má sorte. Que ela precisava ir embora.

— Arre! — exclamou, com irritação. — Gostaria de ter sido informado. Eu conversaria com Esther. Diria para não fazer esse tipo de coisa.

— E por que fazia? — perguntei. — O que a levava a tanto?

— Tal como acontece com muitos, ela gosta de se sentir importante. Gosta ou de dar advertências ou dizer fortunas, ou fazer profecias de vidas felizes. Ela gosta de fingir que sabe o futuro.

— Suponha — sugeri devagar — que alguém lhe houvesse dado dinheiro... Me disseram que ela gosta de dinheiro.

— Sim, ela gosta muito de dinheiro. Se alguém pagasse... se é o que está sugerindo... como *isso* lhe ocorreu?

— Sargento Keene. Eu nunca pensaria nisto por conta própria.

— Entendo. — Phillpot balançou a cabeça, em dúvida. — Não acredito que ela tentaria assustar sua esposa propositalmente, a ponto de causar um acidente.

— Ela pode não ter imaginado que seria um acidente fatal. Pode ter feito algo para assustar o cavalo — falei. — Soltado uma espoleta ou abanado um papel branco ou algo assim. Às vezes, ouça bem, eu sentia mesmo que ela guardava um rancor absolutamente pessoal de Ellie, um rancor por motivo que desconheço.

— A mim parece muito improvável.

— Este local nunca pertenceu a ela? — perguntei. — As terras, eu digo.

— Não. Já se afugentou ciganos da propriedade, provavelmente mais de uma vez. Ciganos estão sempre sendo escorraçados, mas duvido que guardem ressentimento pelo resto da vida.

— Não, seria improvável. Mas me pergunto se, por algum motivo que desconhecemos... Se ela tiver sido paga...

— Um motivo que desconhecemos... Qual?

Refleti por um ou dois segundos.

— Tudo que eu falar soará fantasioso. Digamos que, como Keene sugeriu, alguém lhe pagou para fazer o que fez. O que tal pessoa queria? Digamos que seu objetivo fosse afugentar nós dois daqui. Concentraram-se em Ellie, não em mim, pois eu não ficaria tão assustado quanto ela. Assustaram-na para que quisesse fugir daqui... e, assim, que nós dois fôssemos embora. Se for o caso, deve haver motivo para quererem que as terras voltem ao mercado. Digamos que alguém, sabe-se lá por quê, queira nossa terra. — Silenciei.

— É uma sugestão lógica — admitiu Phillpot. — Mas não vejo motivo para outra pessoa querer suas terras.

— Quem sabe alguma jazida mineral que ninguém conhece — sugeri.

— Hm, duvido muito.

— Ou um tesouro enterrado. Ah, sei que soa absurdo. Ou... digamos, o butim de um grande assalto a banco.

Phillpot ainda negava com a cabeça, mas com menos veemência.

— A única outra proposta — falei — seria voltar um passo como você acabou de fazer. De Mrs. Lee à pessoa que pagou a Mrs. Lee. Que pode ser um inimigo desconhecido de Ellie.

— Mas você não consegue pensar em quem seria?

— Não. Ela não conhecia ninguém por aqui. Até onde sei. Ela não tinha vínculo algum com este local. — Levantei. — Obrigado por me ouvir.

— Gostaria de poder ajudar mais.

Saí porta afora, tocando a coisa que carregava no bolso. Então tomei uma decisão repentina, dei meia-volta e retornei à sala.

— Há uma coisa que eu gostaria de lhe mostrar. Na verdade, eu ia levá-la ao Sargento Keene para perguntar a opinião dele.

Enfiei a mão no bolso e tirei uma pedra redonda, envolta por um papel amassado com um texto em letra de forma.

— Isto foi arremessado pela nossa janela durante o café da manhã hoje — falei. — Eu ouvi o vidro rachando ao descer a escada. Já haviam jogado uma pedra pela janela assim que nos mudamos. Não sei se foi a mesma pessoa.

Tirei o papel que embrulhava a pedra e mostrei a Phillpot. Era sujo, áspero. Havia algo escrito, mas com tinta bem fraca. O major botou os óculos e debruçou-se sobre o papel. A mensagem era muito curta. Dizia apenas: "*Quem matou sua esposa foi uma mulher.*"

Phillpot arqueou as sobrancelhas.

— Extraordinário — disse ele. — A primeira mensagem que você recebeu era em letra de forma?

— Não consigo lembrar. Era só um aviso, nos mandando ir embora. Não lembro as palavras exatas. Enfim, me parece muito claro que foram arruaceiros que mandaram a primeira mensagem. Já esta não me parece ser a mesma coisa.

— Você acredita que foi alguém que sabe de algo?

— Provavelmente só um toque de malícia cruel e tola no que se trata de cartas anônimas. Esse tipo de coisa é comum, como sabe, nos vilarejos.

Ele me devolveu a pedra e a mensagem.

— Mas creio que seus instintos estejam corretos — afirmou ele. — De levar ao Sargento Keene, quer dizer. Ele entende mais destas coisas do que eu.

Encontrei o Sargento Keene na delegacia, e ele mostrou-se decididamente interessado.

— Há algo de peculiar acontecendo por aqui — comentou.

— O que o senhor acha que significa? — perguntei.

— Difícil dizer. Pode ser apenas maldade, para nos fazer acusar determinada pessoa.

— Pode ser apenas uma acusação a Mrs. Lee, imagino?

— Não, creio que não seria posto desta maneira. Pode ser... Quero pensar que foi... Pode ser que alguém tenha visto ou ouvido algo. Um barulho, ou um grito, ou o cavalo passou em disparada por alguém, e eles viram ou encontraram uma mulher depois. Mas parece que foi outra mulher que não a cigana, pois todos já acham que a cigana está envolvida. Dá a entender que é outra mulher, totalmente diferente.

— E a cigana? Teve notícias dela, a encontrou?

Ele balançou a cabeça, bem devagar.

— Sabemos de alguns lugares a que ela costuma ir quando viaja. Ânglia Oriental e redondezas. Ela tem amigos do clã cigano pela área. Mas não esteve lá, pelo que dizem, embora seja o que naturalmente diriam. Eles fecham o bico, se me entende. Ela é bem conhecida naquela região, mas ninguém a viu. De qualquer modo, creio que não tenha ido até Ânglia Oriental.

Havia algo de peculiar no modo como ele disse aquelas palavras.

— Não entendi — falei.

— Veja do seguinte modo: ela está assustada. Tem motivo para estar. Vem ameaçando sua esposa, assustando-a e, agora, digamos que provocou um acidente e sua esposa morreu. A polícia irá atrás dela. Ela sabe disso, então, como dizem, se escafede. Vai tomar o máximo de distância de nós. Mas também não quer aparecer. Teria receio de usar o transporte público.

— Mas vocês vão encontrá-la? É uma mulher de aparência marcante.

— Ah, sim, no fim a encontraremos. Estas coisas levam algum tempo. Digo, se *foi* desta maneira.

— Mas o senhor acha que foi de outra.

— Bom, você sabe o que pensei desde o início. Que alguém estava pagando para ela fazer o que fez, recorda-se?

— Então ela pode estar ainda mais ansiosa para fugir — ressaltei.

— Mas outra pessoa também estaria nervosa. Tem que pensar nisto, Mr. Rogers.

— O senhor se refere — falei devagar — à pessoa que lhe pagou.

— Sim.

— Suponho que a pagante tenha sido... uma mulher.

— E suponhamos que outra pessoa sabia disto. Assim, começam a enviar mensagens anônimas. A mulher também estaria assustada. Ela podia não *querer* que isto acontecesse, entende? Por mais que tenha feito aquela cigana afugentar sua esposa deste lugar, ela não desejaria que resultasse na morte de Mrs. Rogers.

— Não. Não se intencionava a morte. Era só para nos assustar. Assustar minha esposa a ponto de sairmos daqui.

— E agora, quem ficará assustado? A mulher que causou o acidente. Que é Mrs. Esther Lee. E por isso ela se entregará, não é? Dirá que não foi sua intenção. Admitirá inclusive que recebeu para fazê-lo. E dará um nome. Ela dirá quem a pagou. E alguém não gostaria disso, não é, Mr. Rogers?

— O senhor fala desta desconhecida que mais ou menos postulamos sem saber se existe?

— Homem ou mulher, digamos que alguém pagou a Mrs. Lee. Bem, este alguém gostaria que ela se calasse imediatamente, não acha?

— O senhor acha que ela está morta?

— É uma possibilidade, não é? — disse Keene. Então mudou de assunto abruptamente, ou assim pareceu. — Conhece aquele espaço, Mr. Rogers, que tem no alto da sua floresta?

— Sim. O que tem ele? Minha esposa e eu mandamos reformar e reparamos uma parte. Costumávamos ir ali ocasionalmente, mas não com frequência. Não nos últimos tempos, com certeza. Por quê?

— Bom, nós temos saído à caça, como sabe. Fizemos buscas por lá. Não havia trancas.

— Não — confirmei —, nunca nos demos ao trabalho de trancar. Não havia nada de valor lá, só mobília.

— Achamos possível que Mrs. Lee estivesse usando o espaço, mas não encontramos vestígio dela. Encontramos isto, porém. Eu ia lhe mostrar de qualquer jeito. — Ele abriu uma gaveta e tirou um isqueiro pequeno e delicado, folheado a ouro. Era um objeto feminino, com uma inicial em pedras: a letra C. — Não seria da sua esposa, seria?

— Não com a inicial C. Não, não é de Ellie. Ela não tinha nada assim. Também não é da senhorita Andersen. Seu primeiro nome é Greta.

— Estava lá porque alguém deixou cair. É uma mercadoria refinada. Custa caro.

— C — falei, repetindo a inicial, pensativo. — Não consigo pensar em alguém que tenha estado conosco com a inicial C, a não ser Cora. É a madrasta de minha esposa, Mrs. Van Stuyvesant. Mas não a imagino subindo por aquela trilha até o Frívolo. De qualquer modo, ela não nos visita há muito tempo. Mais ou menos um mês. Não creio que a tenha visto usando este isqueiro. Talvez não notasse, também. Talvez a senhorita Andersen saiba.

— Bom, pode levar e mostrar a ela.

— Levarei. Mas, se for o caso, se for de Cora, parece estranho que nunca tenhamos visto nas últimas vezes que fomos ao Frívolo. Não temos muitas coisas por lá. É de se notar algo assim caído no chão... Estava no chão?

— Sim, bem próximo ao divã. Mas, claro, qualquer pessoa poderia usar o Frívolo. É um local útil para um casal se encontrar a qualquer hora. Estou falando dos moradores daqui. Mas não é provável que tivessem algo caro como isto.

— Há também Claudia Hardcastle — mencionei. — Mas duvido que ela tivesse algo tão pomposo. E o que faria no Frívolo?

— Ela era muito amiga de sua esposa, não era?

— Sim. Creio que era a melhor amiga de Ellie por aqui. Ela sabe que não nos importaríamos se utilizasse o Frívolo à hora que quisesse.

— Ah — disse o Sargento Keene.

Eu lhe dirigi um olhar pesado.

— O senhor não diria que Claudia Hardcastle fosse... inimiga de Ellie, diria? Seria um absurdo.

— Não vejo motivo para tanto, concordo, mas nunca se sabe com as moças.

— Eu diria... — comecei, então parei, porque o que ia dizer talvez soasse estranho.

— Sim, Mr. Rogers?

— Creio que Claudia Hardcastle tenha sido casada com um americano, um americano chamado Lloyd. Aliás... o nome do procurador-mor de minha esposa é Stanford Lloyd. Mas deve haver centenas de Lloyds e, enfim, seria pura coincidência se fosse a mesma pessoa. O que isto teria a ver com o caso?

— Não me parece provável. Mas... — Ele se interrompeu.

— O engraçado é que pensei ter visto Stanford Lloyd aqui no dia do... do acidente... almoçando no George, em Bartington...

— Ele não foi cumprimentá-lo?

Fiz que não.

— Estava com uma pessoa muito parecida com Miss Hardcastle. Mas provavelmente foi um engano da minha parte. O senhor sabe, imagino, que foi o irmão dela que construiu nossa casa?

— Ela tem algum interesse na propriedade?

— Não — respondi —, não creio que ela goste do estilo de arquitetura do irmão. — Então me levantei. — Bom, não vou mais tomar o tempo do senhor. Tente encontrar a cigana.

— Não vamos cessar as buscas. Isto eu lhe garanto. O legista também quer saber.

Despedi-me e saí da delegacia. Àquela maneira esquisita que tanto acontece quando de repente você encontra alguém de quem estava falando, Claudia Hardcastle saiu da agência dos correios enquanto eu passava. Ambos paramos. Ela falou com a leve vergonha que se sente quando encontra alguém recentemente enlutado:

— Sinto muito, Mike, muito mesmo pelo que aconteceu a Ellie. Não vou dizer mais nada. É brutal quando as pessoas vêm lhe dizer estas coisas. Mas eu só... só lhe direi isto.

— Eu sei — respondi. — Você foi muito carinhosa com Ellie. Fez ela se sentir em casa aqui. Sou grato.

— Há uma coisa que eu queria lhe pedir e achei melhor fazer agora, antes que vá aos Estados Unidos. Ouvi dizer que viajará em breve.

— Assim que possível. Tenho muitos assuntos a resolver por lá.

— É que... *caso* você venha a colocar sua casa à venda, imaginei que seria uma coisa que deixaria preparada antes de partir... E, se for o caso... Se for, eu queria o direito de primeira recusa.

Fiquei encarando-a. Aquilo me surpreendeu muito. Era a última coisa que eu esperava.

— Quer dizer que gostaria de comprá-la? Achei que nem se interessasse por este tipo de arquitetura.

— Meu irmão Rudolf falou que foi a melhor que já criou. Ouso dizer que ele entende. Imagino que você cobrará bastante por ela, mas tenho como pagar. Sim, gostaria de ficar com a casa.

Não pude deixar de achar estranho. Ela nunca demonstrara a mínima estima pela casa quando nos visitava. Fiquei pensando, como já fizera algumas vezes, quais seriam os vínculos reais dela com o meio-irmão. Teria tamanha devoção a ele? Às vezes eu chegava perto de pensar que ela o detestava, que talvez o odiasse. Falava dele de modo estranho, com certeza. Mas fossem quais fossem suas emoções reais, ele *significava* algo para ela. Significava algo importante. Fiz um não com a cabeça, devagar.

— Entendo como você há de pensar que eu ia querer vender a casa e ir embora por conta da morte de Ellie — falei. — Mas, na verdade, não é o caso. Vivemos aqui e fomos felizes e este é o lugar de que eu melhor lembrarei. *Não venderei o Passo do Cigano!* Está totalmente fora de cogitação! Pode ter certeza.

Nossos olhos se encontraram. Houve uma espécie de contenda entre nós. Então ela baixou o olhar.

Tomei coragem e completei:

— É claro que não me diz respeito, mas você já foi casada. O nome de seu marido era Stanford Lloyd?

Ela me encarou por um instante, em silêncio. Então respondeu abruptamente:

— Sim. — E me deu as costas.

Capítulo 21

Desnorteamento — é tudo de que me lembro quando olho para trás. Jornalistas fazendo perguntas... querendo entrevistas... pilhas de cartas e telegramas... Greta lidando com tudo...

A primeira coisa impressionante de fato foi que a família de Ellie não estava nos Estados Unidos, como supúnhamos. Foi um choque quando descobri que a maioria estava na Inglaterra. Era compreensível, quem sabe, que Cora van Stuyvesant estivesse. Era uma mulher inquieta, sempre despachada pela Europa, Itália, Paris, Londres e, de volta à América, Palm Beach, a fazenda no oeste; aqui, lá e em todo lugar. No exato dia da morte de Ellie, ela estava a pouco mais de oitenta quilômetros, ainda tentando realizar seu capricho de comprar uma casa na Inglaterra. Havia ido a Londres passar dois ou três dias e procurado novos corretores para fazer solicitações e, naquele dia em específico, vinha fazendo uma excursão pelo país para ver meia dúzia de propriedades.

Stanford Lloyd, a propósito, pegara o mesmo voo, supostamente para uma reunião de negócios em Londres. Ambos ficaram sabendo da morte de Ellie não pelos telegramas que despachamos aos Estados Unidos, mas pela grande imprensa.

Criou-se uma disputa feia em relação ao local onde Ellie deveria ser sepultada. Eu imaginava que fosse natural ela ser sepultada onde morrera. Aqui, onde nós morávamos.

Mas a família de Ellie opôs-se veementemente. Queriam que o corpo fosse transportado aos Estados Unidos e que ela fosse enterrada com os antepassados. Onde jaziam seu avô, seu pai, sua mãe e outros. Creio que seja natural, quando se pensa no assunto.

Andrew Lippincott veio conversar comigo. Ele apresentou a questão de maneira sensata.

— Ela nunca deixou orientações em relação ao local onde queria ser sepultada — ressaltou.

— E por que deixaria? — perguntei, ardoroso. — Que idade tinha? Vinte e um anos? Aos 21, você não cogita que vá morrer. Por isso nem passa pela cabeça onde quer ser sepultado. Se tivéssemos pensado nisto, suponho que escolheríamos ser sepultados juntos, mesmo que não morrêssemos ao mesmo tempo. Mas quem pensa na morte no meio da vida?

— Observação muito justa — disse Mr. Lippincott. — Temo que você precisará ir aos Estados Unidos. Há muitas questões comerciais que o senhor terá que conferir.

— Que tipo de questões comerciais? O que eu tenho a ver com negócios?

— Pode ter muito a ver. Não sabe que é o maior beneficiário no testamento dela?

— O senhor diz isto por eu ser o parente mais próximo de Ellie?

— Não. Conforme o testamento.

— Eu não sabia que ela chegou a fazer um testamento.

— Ah, sim — confirmou Mr. Lippincott. — Ellie era uma jovem muito diligente. Tinha que ser, como o senhor sabe. Ela viveu em meio a essas questões. Fez um testamento ao chegar à maturidade, quase imediatamente após casar-se. Estava guardado com seu advogado em Londres, com a solicitação de que uma cópia me fosse enviada. — Ele hesitou antes de prosseguir: — Caso o senhor vá aos Estados Unidos, o que eu recomendo, também penso que deveria confiar seus interesses às mãos de um advogado de boa reputação no país.

— Por quê?

— Porque, no caso de uma vasta fortuna, uma enorme quantidade de imóveis, ações, participação em diversas indústrias, o senhor precisará de orientação técnica.

— Não tenho qualificações para lidar com esse tipo de coisa. Não tenho mesmo.

— Eu compreendo — disse Mr. Lippincott.

— Não poderia deixar tudo nas suas mãos?

— Sim, poderia.

— Então por que não o faço?

— Do modo que for, creio que o senhor deveria ter representação à parte. Já represento alguns integrantes da família, e pode advir conflito de interesses. Caso deixe nas minhas mãos, cuidarei para que seus interesses sejam resguardados na representação de um advogado perfeitamente apto.

— Obrigado. O senhor é muito gentil.

— Se me permite uma ligeira indiscrição... — Ele pareceu pouco à vontade, e me agradava pensar em Lippincott sendo indiscreto.

— Sim?

— Devo aconselhar que tome muito cuidado com tudo que assine. Quaisquer documentos. Antes de assinar qualquer coisa, leia meticulosamente.

— O tipo de documento a que o senhor se refere faria algum sentido para mim caso eu lesse?

— Se não estiver perfeitamente claro, o senhor deve encaminhá-lo ao seu conselheiro jurídico.

— Está me advertindo contra alguém em especial? — questionei, com interesse repentinamente desperto.

— Não é uma pergunta apropriada para eu responder. Só até certo ponto. Quando se diz respeito a grandes quantias de dinheiro, é recomendável não confiar em *ninguém*.

Então ele *estava* me advertindo a respeito de alguém, mas não ia me dar nomes. Isto eu havia entendido. Seria Cora? Ou ele tinha desconfianças — talvez desconfianças de longa data — quanto a Stanford Lloyd, o banqueiro vistoso tão cheio de cordialidades, tão rico e satisfeito, que recentemente estivera por perto "a negócios"? Seria tio Frank que viria me abordar com documentos suspeitos? Tive uma visão repentina de mim mesmo, um pobre e inocente simplório, nadando em um lago cercado de crocodilos com intenções perversas, todos com falsos sorrisos de benevolência.

— O mundo — disse Mr. Lippincott — é um lugar maligno.

Talvez tenha sido burrice, mas de repente perguntei:

— A morte de Ellie beneficia alguém?

Ele me dirigiu um olhar aguçado.

— É uma pergunta muito curiosa. Por que a fez?

— Não sei — respondi —, apenas surgiu na minha mente.

— Beneficia o senhor.

— É claro. Isto eu pressupus. O que quis dizer é... Ela beneficia alguma outra pessoa?

Mr. Lippincott ficou em silêncio por um longo tempo.

— Se o senhor quer saber se o testamento de Fenella beneficia determinadas pessoas em termos de heranças, só o faz em grau menor. Antigos criados, uma governanta antiga, uma ou duas entidades beneficentes, mas nada de momentoso. Há uma herança para Miss Andersen, mas não grande, pois Ellie já aquinhoou, como provavelmente sabe, uma quantia bastante considerável para ela.

Assenti. Ellie havia me contado.

— O senhor era o marido. Ela não tinha outros parentes. Mas entendo que sua pergunta não se referia especificamente a isto.

— Não sei exatamente o que eu quis dizer — expliquei. — Mas, de uma forma ou de outra, o senhor teve sucesso, Mr. Lippincott, em me deixar desconfiado. Desconfiado não sei do quê, nem por quê. Apenas... Bem, desconfiado. Não entendo de finanças.

— Não, o que fica bem aparente. Permita-me dizer que não tenho conhecimento exato, nenhuma desconfiança em especial. De modo algum. À morte de uma pessoa, usualmente faz-se contabilidade de seus negócios. Isto pode acontecer depressa ou ser postergado por anos.

— O que o senhor quer dizer é que alguns dos outros provavelmente podem me passar a perna e criar confusão. Fazer com que eu assine cessões... ou seja lá como se chamam estas coisas.

— Se os negócios de Fenella não estivessem, digamos, na boa saúde que estão, então... Sim, possivelmente a morte prematura possa ser, digamos, auspiciosa para alguém. Não citaremos nomes, mas alguém que talvez pudesse cobrir os rastros com facilidade se estivesse lidando com uma pessoa extremamente simples, por assim dizer, como o senhor. Irei até aí mas não quero tratar mais a fundo sobre o assunto. Não seria correto.

O velório foi simples e em uma igreja pequena. Se eu pudesse ter ficado à distância, teria. Odiava todas as pessoas que me encaravam e faziam fila em frente à igreja. Olhares curiosos. Foi Greta quem me guiou por tudo. Creio que só então percebi sua personalidade forte e confiável. Ela fez todos os preparativos, pediu as flores, organizou tudo. Agora entendia melhor como Ellie havia passado a depender da mulher. Não existem muitas pessoas como ela neste mundo.

Os presentes na igreja eram sobretudo nossos vizinhos — alguns, inclusive, que mal conhecíamos. Mas notei um rosto familiar que naquele momento não consegui situar. Quando voltei à casa, Carson me disse que havia um cavaleiro na sala de estar esperando para me receber.

— Hoje não posso atender ninguém. Mande embora. Não devia ter deixado entrar!

— Peço desculpas, senhor. Ele alega que é um parente.

— Parente?

De repente lembrei do homem que vira na igreja.

Carson me entregou um cartão.

Por um instante, o nome não me disse nada. Mr. William R. Pardoe. Virei-me e fiz que não com a cabeça. Então entreguei o cartão a Greta.

— Por acaso você saberia quem é? — perguntei. — O rosto me parece familiar, mas não consigo situar. Talvez seja um dos amigos de Ellie.

Greta pegou o papel e olhou. Depois respondeu:

— É claro.

— Quem é?

— Tio Reuben. Você lembra. Primo de Ellie. Ela falou dele, não falou?

Então lembrei por que o rosto me pareceu tão familiar. Ellie havia disposto várias fotografias de seus parentes na sala de estar, displicentemente espalhadas pelo recinto. Por isso que o rosto me era tão conhecido. Até então eu só o havia visto em fotografias.

— Vou falar com ele — anunciei.

Saí do quarto para a sala de estar. Mr. Pardoe pôs-se de pé e disse:

— Michael Rogers? Pode não saber meu nome, mas sua esposa era minha prima. Ela sempre me chamava de tio Reuben, mas sei que não nos conhecemos. É a primeira vez que venho aqui desde o casamento.

— Claro que sei quem o senhor é — falei.

Não sei ao certo como descrever Reuben Pardoe. Era um homem robusto e grande, de rosto largo e olhar ausente, como se estivesse pensando em outra coisa. Mas depois de conversar com ele por alguns instantes você tinha a sensação de que ele estava mais atento do que se imaginava.

— Não preciso lhe dizer o quanto fiquei chocado e angustiado ao saber da morte de Ellie — declarou ele.

— Pulemos esta parte. Não estou apto a conversar a respeito.

— Não, não, eu entendo.

Ele tinha personalidade simpática, e ainda assim algo me deixava vagamente inquieto. Assim que Greta chegou, falei:

— Conhece Miss Andersen?

— É claro — confirmou ele. — Como está, Greta?

— Não de todo mal — respondeu ela. — Há quanto tempo está aqui?

— Uma ou duas semanas. Passeando.

Então me ocorreu. De impulso, eu prossegui.

— Vi o senhor outro dia.

— É mesmo? Onde?

— Em um leilão em um local chamado Mansão Bartington.

— Agora me lembro — disse ele. — Sim, sim, creio que lembro do seu rosto. E que estava com um senhor de uns sessenta anos, de bigode castanho.

— Sim. O Major Phillpot.

— Vocês pareciam animados.

— Nunca estivemos melhor — falei, e repeti com a estranha surpresa que sempre sentia. — Nunca estivemos melhor.

— É claro... Naquele momento vocês não sabiam o que havia acontecido. Foi na data do acidente, não foi?

— Sim, ficamos aguardando Ellie nos encontrar para o almoço.

— Que tragédia — disse tio Reuben. — Que tragédia...

— Eu não tinha ideia de que o senhor estava na Inglaterra. Creio que Ellie também não soubesse. — Fiz uma pausa, aguardando o que ele teria a me contar.

— Não. Não me correspondi com ela. Aliás, não sabia quanto tempo teria por aqui, mas na verdade havia concluído meus compromissos mais cedo do que imaginava e estava pensando se, após o leilão, teria tempo de visitá-los.

— O senhor veio a negócios? — perguntei.

— Bom, em parte sim, em parte não. Cora queria meus conselhos quanto a uma ou duas questões. Uma é relativa à casa que ela está pensando em comprar.

Foi então que ele me informou que Cora estava hospedada na Inglaterra. Mais uma vez, falei:

— Não sabíamos disto.

— Na verdade, ela não estava muito longe daqui naquele dia — comentou ele.

— Perto daqui? Estava em um hotel?

— Não, com uma amiga.

— Eu não sabia que tinha amigas nesta parte do mundo.

— Uma mulher chamada... Como era mesmo o nome?... Hard... Hardcastle.

— Claudia Hardcastle? — Fiquei surpreso.

— Sim. Ela tinha grande amizade com Cora. Eram muito próximas quando ela morava nos Estados Unidos. Você não sabia?

— Sei muito pouco. Muito pouco sobre a família.

Olhei para Greta.

— *Você* sabia que Cora conhecia Claudia Hardcastle?

— Creio que nunca ouvi Cora falar dela — respondeu Greta.
— Então foi por isso que Claudia não apareceu naquele dia.

— É claro — falei. — Ela ia fazer compras com você em Londres. Vocês combinaram de encontrar-se na estação de trem em Market Chadwell...

— Sim... e ela não apareceu. Telefonou para casa logo após eu sair. Disse que recebera uma visita inesperada e não poderia sair de casa.

— Fico pensando — falei — se a visita americana não seria Cora.

— É óbvio — concordou Reuben Pardoe. Ele balançou a cabeça. — Me parece uma grande confusão. Soube que o inquérito foi postergado.

— Sim — confirmei.

Ele sorveu o chá e levantou-se.

— Não vou mais incomodá-lo. Se houver algo que eu possa fazer, estou hospedado no Hotel Majestic em Market Chadwell.

Disse que infelizmente não havia nada que ele pudesse fazer e agradeci. Depois de sua partida, Greta perguntou:

— O que será que ele quer? Por que veio aqui? — Então, mais incisiva: — Queria que todos voltassem para seu lugar.

— Me pergunto se foi mesmo Stanford Lloyd quem eu vi no George... Só tive um vislumbre.

— Você falou que ele estava com alguém parecido com Claudia, então provavelmente era ele. Talvez tenha vindo visitar *Claudia,* e Reuben tenha vindo falar com Cora... Que confusão!

— Não gosto disso... Todos eles ao redor, naquele dia.

Greta disse que era assim que as coisas eram... Como sempre, foi muito tranquila e sensata em relação a tudo.

Capítulo 22

Não havia mais nada a fazer no Passo do Cigano. Deixei Greta encarregada da casa enquanto eu tomava um navio a Nova York para dar jeito nas coisas por lá e para tomar parte no que eu sentia, com certo temor, que seriam exéquias tenebrosas e folheadas a ouro em nome de Ellie.

— Você vai entrar na selva — alertou-me Greta. — Cuide-se. Não deixe que arranquem sua pele.

Ela estava certa. *Era* a selva. Senti assim que cheguei. Eu não entendia de selvas — não daquele tipo. Estava fora do meu habitat e sabia disso. Eu não era o caçador, eu era a caça. Havia pessoas à minha volta no mato, e eu era a presa. Às vezes, suspeito que estivesse imaginando coisas. Às vezes, minhas suspeitas tinham justificativa. Lembro-me de ir ao advogado que me fora indicado por Mr. Lippincott (um homem muito polido que me tratou tal como um clínico-geral teria tratado). Foi-me aconselhado abrir mão de certas jazidas a respeito das quais as referências não eram claras.

Ele me perguntou quem dissera aquilo e falei que havia sido Stanford Lloyd.

— Bom, temos que conferir — comentou ele. — Um homem como Mr. Lloyd entende muito.

E me disse posteriormente:

— Não há nada de errado com as escrituras das terras, e com certeza não há sentido em vendê-las com tanta pressa, como aparentemente ele aconselhou. Guarde-as para si.

Então senti que tinha razão, todos *estavam* me vendo como a caça. Todos sabiam que eu era um simplório em se tratando de finanças.

O funeral foi esplêndido e ao mesmo tempo tenebroso. Folheado a ouro, como eu supusera. No cemitério, pilhas de flores, o cemitério em si um parque e todos os adornos do luto abastado expressos em mármore monumental. Ellie odiaria, com toda certeza. Mas creio que a família tinha algum direito àquilo.

Quatro dias depois da minha chegada a Nova York, recebi notícias de Kingston Bishop.

O corpo da velha Mrs. Lee fora encontrado na pedreira abandonada do outro lado do morro. Estava morta havia dias. Já tinham acontecido acidentes ali, e diz-se que o local deveria ser cercado — mas nada foi feito. Apresentou-se veredito de morte acidental, assim como uma recomendação à assembleia de cercar o local. Na choupana de Mrs. Lee, foi encontrada a soma de trezentas libras escondida sob as tábuas do chão, em notas de um.

O Major Phillpot acrescentou um *post-scriptum*: "Creio que ficará triste em saber que Claudia Hardcastle, ontem, durante uma caçada, caiu do cavalo e faleceu."

Claudia... morta? Não pude acreditar! Aquilo me deu um sobressalto. Duas pessoas, em questão de uma quinzena, mortas em acidentes de cavalo. Para mim, era uma coincidência praticamente impossível.

Não quero me demorar no período que passei em Nova York. Eu era o estranho em atmosfera alienígena. Durante todo o tempo sentia que precisava ter cuidado com o que dizia ou fazia. A Ellie que eu conhecia, a Ellie que peculiarmente me pertencera, não estava lá. Eu a via agora apenas como americana, herdeira de grande fortuna, cercada de amigos e contatos e parentes distantes, de uma família que vivera ali durante cinco gerações. Ela fora visitar meus territórios como um cometa faria.

Agora ela voltava para ser enterrada com seu próprio povo, onde era seu lar. Fiquei contente que tenha sido assim.

Eu não ficaria à vontade com ela naquele cemitério empertigado, ao pé do pinheiral próximo ao vilarejo. Não, eu não ficaria à vontade *mesmo*.

"Volte ao seu lugar, Ellie", pensei.

Vez por outra aquela musiquinha assombrosa que ela costumava cantar junto ao violão me vinha à mente. Lembrei-me de seus dedos dedilhando as cordas.

Toda Noite, todo Dia
Há quem nasce à Alegria

Eu pensava: "Válido para você. Você nasceu na Alegria. Você teve Alegria no Passo do Cigano. Mas ela não durou. Agora acabou. Você voltou ao lugar onde talvez não houvesse muita alegria, onde você não foi feliz. Mas aqui pelo menos você estava *em casa*. Estava entre os seus."

De repente me perguntei onde *eu* deveria estar quando chegasse minha hora de morrer. No Passo do Cigano? Talvez. Minha mãe viria me ver deitado no túmulo — se já não estivesse morta. Mas eu não conseguia pensar nela morta. Mais fácil pensar na minha morte. Sim, ela viria ao meu enterro. Talvez a crueza de seu rosto tivesse descanso. Desviei meus pensamentos. Não queria pensar na minha mãe. Não queria chegar perto dela nem vê-la.

A última parte não era de todo verdade. Não era uma questão de *vê-la*. Com minha mãe, a questão foi sempre que *ela* via a *mim*, que seus olhos me atravessavam, que um nervosismo me invadia como um miasma a me abraçar. Pensei: "Mães são o diabo! Por que precisam ficar em cima dos filhos? Por que precisam achar que sabem tudo dos filhos? Não sabem! Não *sabem*! Ela deveria sentir orgulho de mim, felicidade por mim, felicidade pela vida maravilhosa que conquistei. Ela deveria..." Então desviei meus pensamentos à força mais uma vez.

Quanto tempo passei nos Estados Unidos? Nem consigo lembrar. Parece que foi uma era de caminhadas pesarosas, de ser observado por gente com sorrisos falsos e inimizade nos olhos. Todos os dias eu me dizia: "Preciso *superar*. Vou *superar*. E depois..." Foram as duas palavras que usei. Usei na minha mente, digo. Usei todo dia, várias vezes. *E depois*... Eram as duas palavras sobre o futuro. Eu as usei do mesmo modo que antes usava outras duas palavras. *Eu quero*...

Todos fizeram mais do que o necessário para serem gentis, já que eu era rico! Nos termos do testamento de Ellie, eu era um homem extremamente rico. Senti-me muito estranho. Tinha investimentos que não entendia, ações, títulos, propriedades. E não sabia nem como começar a lidar com tudo aquilo.

No dia antes de voltar à Inglaterra, tive uma longa conversa com Mr. Lippincott. Na minha mente, ele era sempre Mr. Lippincott. Nunca se tornaria tio Andrew. Eu lhe disse que pensava em tirar Stanford Lloyd da tutela dos meus investimentos.

— Com certeza!

Suas sobrancelhas grisalhas se ergueram. Ele me olhou com olhos argutos e rosto impassível, e fiquei pensando o que exatamente queria dizer com suas palavras.

— Você acha que é certo? — perguntei, nervoso.

— Você tem motivos, suponho?

— Não. Não tenho motivos. Uma sensação, nada mais. Imagino que posso lhe dizer qualquer coisa, não posso?

— As comunicações serão particulares, naturalmente.

— Tudo bem — falei. — Só acho que ele é um escroque!

— Ah. — Mr. Lippincott pareceu interessado. — Sim, devo dizer que seu instinto merece confiança.

Então eu soube que estava certo. Stanford Lloyd vinha fazendo falcatruas com os títulos e investimentos e tudo mais que pertencia a Ellie. Assinei uma procuração e entreguei a Andrew Lippincott.

— O senhor se dispõe a aceitar? — perguntei.

— No que diz respeito a questões financeiras, pode confiar absolutamente em mim. Farei todo o possível a seu favor. Não creio que terá motivo para reclamar da minha intendência.

Fiquei pensando exatamente no que ele quis dizer. Alguma coisa ele quis. Creio que fosse que não gostava de mim, nunca havia gostado, mas financeiramente faria o melhor por mim porque eu era o marido de Ellie. Assinei todos os documentos necessários. Ele me perguntou como eu voltaria à Inglaterra. De avião? Disse que não, que não iria pelo ar, mas por mar.

— Preciso de um tempo para mim — expliquei. — Creio que uma viagem por mar me fará bem.

— E vai fixar residência... onde?

— No Passo do Cigano.

— Ah. Sua intenção é continuar morando lá.

— Sim.

— Imaginei que talvez fosse colocar à venda.

— Não — falei, e este "não" saiu com mais veemência do que eu pretendia. Eu não ia me desfazer do Passo do Cigano. O lugar fora parte do meu sonho, o sonho que eu acalentava desde que era um garoto imaturo.

— Tem alguém cuidando do local enquanto você está nos Estados Unidos?

Falei que deixara Greta Andersen encarregada.

— Ah, sim — disse Mr. Lippincott. — Greta.

Havia algo no modo como falou "Greta", mas não cobrei explicações. Se desgostava dela, que desgostasse. Sempre desgostara. Impôs-se uma pausa incômoda, então mudei de ideia. Senti que precisava dizer *algo*.

— Ela foi muito boa para Ellie — comentei. — Cuidou dela quando estava doente, veio morar conosco e tomou conta de Ellie. E-eu não tenho como ser mais grato a ela. Gostaria que entendesse. O senhor não sabe como ela foi. Não sabe como ajudou e de tudo que fez após a morte de Ellie. Não sei o que eu faria sem ela.

— Claro, claro — disse Mr. Lippincott, mais seco do que seria de imaginar.

— Então, deve perceber que devo muito a ela.

— É uma moça muito competente.

Levantei-me, me despedi e agradeci.

— O senhor não tem pelo que me agradecer — respondeu o advogado, seco como sempre, e complementou: — Eu lhe enviei uma carta bastante curta. Despachei por entrega expressa ao Passo do Cigano. Se for de navio, creio que estará à sua espera quando chegar. Faça boa viagem.

Perguntei, hesitante, se ele conhecia a antiga esposa de Stanford Lloyd, uma moça chamada Claudia Hardcastle.

— Ah, você diz a primeira esposa. Não, nunca a conheci. Creio que o casamento terminou muito rápido. Depois do divórcio, ele casou outra vez. Também acabou em divórcio.

Então era isto.

Quando voltei ao meu hotel, encontrei um telegrama. Era um convite de um hospital na Califórnia. Dizia que meu amigo, Rudolf Santonix, havia perguntado por mim, que não tinha muito tempo de vida e queria me ver antes da morte.

Adiei minha passagem de navio da volta e fui de avião a São Francisco. Ele ainda não morrera, mas estava mal. Duvidavam, pelo que me disseram, que fosse recobrar a consciência antes de falecer, mas ele me chamara com urgência. Fiquei no hospital o olhando, olhando o que parecia uma casca oca do homem que conheci. Ele sempre tivera aspecto doente, uma transparência esquisita, algo de delicado, de frágil. Agora parecia uma figura mortiça, encerada. Fiquei pensando: "Queria que ele conversasse comigo. Queria que dissesse algo. *Alguma coisa* antes de morrer."

Eu me senti tão sozinho, terrivelmente sozinho. Havia fugido de inimigos e encontrado um amigo. Meu único amigo, na verdade. Era a única pessoa que sabia algo de mim, fora minha mãe, mas eu não queria pensar nela.

Conversei com uma enfermeira uma ou duas vezes, perguntei se havia algo que pudessem fazer, mas ela negou com a cabeça e disse, descomprometendo-se:

— Pode ser que recobre a consciência, pode ser que não.

Fiquei sentado. Ele então se remexeu e deu um suspiro. A enfermeira o levantou com toda delicadeza. Ele olhou para mim, mas eu não soube dizer se me reconhecia ou não. Apenas me encarava como se enxergasse através, além de mim. De repente, algo diferente surgiu em seus olhos. Pensei: "Ele me *reconhece*, ele me *enxerga.*" Santonix disse algo muito débil, e eu me inclinei para conseguir captar. Ainda assim, não pareceram palavras com sentido. De súbito, seu corpo teve um espasmo e uma contração, ele jogou a cabeça para trás e gritou:

— Seu tolo danado... Por que não escolheu outro caminho?

Então teve um colapso e morreu.

Não entendi o que quis dizer; ou mesmo se sabia o que estava dizendo.

Foi a última vez que vi Santonix. Fico pensando se ele teria me ouvido caso eu falasse algo. Queria lhe dizer mais uma vez que a casa que me construíra era a melhor coisa que eu tinha no mundo. A mais importante. Era engraçado uma casa significar tanto. Creio que havia uma espécie de simbolismo ali. Algo que se quer. Algo que se quer tanto que não sabe exatamente o que é. Mas ele sabia o que era e me deu aquilo. E agora era meu. Eu ia para casa.

Ir para casa. Era tudo em que conseguia pensar quando entrei no barco. Aquilo e, de início, um cansaço mortal... Depois, uma maré alta de felicidade que transbordava de mim, como se viesse das profundezas... Eu estava indo para casa. Estava indo para casa...

Ao lar chegou o marujo, ao lar, vindo do mar
Chegou também o caçador, vindo das colinas...

Capítulo 23

Sim, foi isso que eu fiz. Agora estava tudo acabado. O fim da luta, o final da contenda. A última fase da jornada.

Os tempos da minha juventude inquieta pareciam distantes. Os dias de "*eu quero, eu quero*". Mas não muito. Menos de um ano...

Repassei tudo... deitado na cama da cabine, pensando.

Conhecer Ellie... nossas horas no Regent's Park... nosso casamento no cartório. A casa... a construção de Santonix... a casa finalizada. Minha, toda minha. Eu era eu — eu —, como queria ser. Como sempre quis ser. Eu tinha tudo que queria e voltaria para casa com tudo.

Antes de deixar Nova York eu havia escrito uma carta e enviado por via aérea para chegar antes de mim. Escrevera a Phillpot. Por algum motivo achei que ele entenderia, enquanto outros não.

Foi mais fácil escrever do que dizer. De qualquer modo, ele precisava saber. Todos precisavam saber. Alguns provavelmente não entenderiam, mas achei que ele sim. Veria por própria conta como Ellie e Greta eram próximas, como Ellie era dependente de Greta. Achei que entenderia como eu também passara a ser dependente dela, como me seria impossível viver sozinho na casa que compartilhara com Ellie a não ser que houvesse alguém para me ajudar. Não sei se expliquei bem. Fiz o melhor que pude.

"Gostaria que você fosse o primeiro a saber", escrevi. "Você nos foi tão gentil, e creio que seja a única pessoa que vá entender. Não consigo encarar a vida sozinho no Passo do Cigano. Tenho pensado nisso durante todo o tempo em que estive nos Estados Unidos e decidi que, assim que voltar para casa, pedirei a Greta que se case comigo. Ela é a única pessoa com quem posso conversar de fato sobre Ellie, se é que me entende. Ela me compreenderá. Talvez não aceite, mas creio que vá... E assim tudo será como se ainda fôssemos nós três, juntos."

Escrevi a carta três vezes até conseguir expressar o que queria. Phillpot deveria recebê-la dois dias antes do meu retorno.

Subi ao convés quando estávamos chegando à Inglaterra. Fiquei observando a terra se aproximar. Pensei: "Queria que Santonix estivesse comigo." Queria mesmo. Queria que ele soubesse que tudo se tornara realidade. Tudo que eu planejara... tudo que eu pensara... tudo que eu queria.

Eu havia me livrado dos Estados Unidos, me livrado dos vigaristas e dos bajuladores e de todos os outros que eu odiava e que tinha certeza que me odiavam e me olhavam com desprezo pela minha classe inferior! Eu estava fazendo o retorno triunfal. Voltaria aos pinheiros e à estrada serpenteante e perigosa que passava pelo Passo do Cigano até a casa no alto do morro. *Minha* casa! Voltaria às duas coisas que queria. Minha casa — aquela com a qual eu havia sonhado, que havia planejado, que desejava acima de tudo. A ela, e a uma mulher maravilhosa... Sempre soube que um dia conheceria uma mulher maravilhosa. E a conhecera. Eu a vi, e ela me viu. Nós nos unimos. Uma mulher maravilhosa. No instante em que a conheci, soube que pertencia a ela, pertencia em absoluto e para sempre. Eu era dela. E agora — enfim — eu iria até ela.

Ninguém me viu chegar em Kingston Bishop. Era quase noite, cheguei de trem e saí caminhando da estação, pegando uma estradinha de contorno. Não queria ver ninguém do vilarejo. Não naquela noite...

O sol havia se posto quando cheguei à estrada para o Passo do Cigano. Eu deixara Greta avisada sobre o horário de chegada. Ela estava na casa, me aguardando. Enfim! Estavam encerrados os subterfúgios e as dissimulações... o fingimento de não gostar dela... Eu pensava agora, rindo comigo mesmo, no papel que interpretei, um papel que encenara com todo cuidado desde o começo. A raiva de Greta, não querer que ela viesse ficar com Ellie. Sim, eu fora cauteloso. Todos deviam ter sido pegos no fingimento. Lembrei-me da discussão que encenamos para que Ellie ouvisse.

Greta soube o que eu era desde o instante em que nos conhecemos. Entre nós, nunca houve ilusões bobas a respeito um do outro. Ela pensava da mesma forma, tinha os mesmos desejos que eu. Queríamos o mundo e nada menos! Queríamos subir ao topo do mundo. Queríamos realizar todas as nossas ambições. Queríamos ter tudo, não nos negar nada. Lembrei-me de como abri meu coração a ela quando a conheci, em Hamburgo, contando meu desejo frenético pelas coisas. Não conseguira esconder de Greta minha avidez desenfreada pela vida, pois ela também a tinha. Ela disse:

— Você vai precisar de dinheiro para tudo que quiser da vida.

— Sim — respondi —, e não sei como conseguir.

— Não, você não conseguirá dando duro. Não é desse tipo.

— Trabalhar! Eu teria que trabalhar durante anos! Não quero esperar. Não quero estar na meia-idade. Você conhece a história do camarada Schliemann, de como ele trabalhou, labutou e fez uma fortuna para realizar o sonho da vida dele e ir a Troia, escavar e encontrar os túmulos de Troia. Ele alcançou o sonho, mas teve que esperar até os quarenta anos. Não quero esperar até a meia-idade. Um velho. Pé na cova. Quero agora, que sou jovem e forte. Você também quer, não quer?

— Sim. E sei como conseguir. É fácil. Me pergunto como você ainda não pensou nisso. Você arranja garotas com facilidade, não é? Já percebi. Eu sinto.

— Você acha que eu me importo com garotas, ou já me importei? Só existe uma que eu quero — falei. — Você. E você sabe. Eu sou seu. Soube no momento em que a conheci. Sempre soube que encontraria alguém como você. E encontrei. Eu sou seu.

— Sim — disse Greta. — Creio que seja.

— Nós dois queremos o mesmo da vida.

— Eu lhe digo que é fácil. Fácil. Basta se casar com uma rica, uma das garotas mais ricas do mundo. Eu posso ajudá-lo.

— Não me venha com fantasias.

— Não é fantasia, será fácil.

— Não — retruquei —, para mim não funciona. Não quero ser marido de uma rica. Ela vai me comprar posses, vamos fazer coisas juntos e ela vai me trancar em uma gaiola de ouro. Não é isso que desejo. Não quero ser um escravo agrilhoado.

— Não precisa ser. É o tipo de coisa que não precisa durar. Apenas o suficiente. Esposas morrem, sabia?

Fiquei encarando-a.

— Ora, ficou chocado — observou ela.

— Não, não fiquei.

— Achei que não ficaria. Achei que talvez já...?

Ela me olhou inquisitiva, mas eu não responderia. Ainda tinha algum instinto de autopreservação. Há alguns segredos que não se deve contar aos outros. Não que fossem grandes segredos, mas eu não gostava de pensar neles. Não gostava de pensar no primeiro. Tolo pensamento. Pueril. Nada de importante. Eu tivera um entusiasmo infantil pelo relógio de pulso que um garoto... um amigo no colégio... ganhara. Queria aquele relógio. Queria muito. Era caro. Um padrinho rico que lhe dera. Sim, eu queria, mas achei que nunca poderia tê-lo. Então chegou o dia em que fomos patinar juntos. O gelo não estava firme o bastante. Não que houvéssemos pensado naquilo com antecedência. Apenas aconteceu. O gelo rachou. Fui patinando até o garoto. Ele estava se segurando. Havia caído em um buraco e se segurava no gelo, que cortava suas mãos. Fui às suas costas para tirá-lo de lá, é claro, mas assim que me aproximei vi o brilho do relógio. Pensei: "E se ele se afogar?" Fiquei pensando como seria fácil...

Pareceu-me inconsciente: abri a pulseira do relógio, arranquei-o e empurrei a cabeça do garoto em vez de puxá-lo... Apenas segurei a cabeça dele sob a água. Ele não conseguia se debater, pois estava no gelo. Pessoas viram e se aproximaram. Achavam que eu tentava salvá-lo! Conseguiram tirá-lo depois de um tempo, com dificuldade. Tentaram respiração artificial, mas era tarde demais. Escondi meu tesouro em um lugar especial, onde guardava as coisas às vezes. Coisas que eu não queria que minha mãe visse porque perguntaria onde eu havia conseguido. Ela deparou-se com aquele relógio no dia em que estava mexendo nas minhas meias. Perguntou se não era o relógio de Pete. Falei que era óbvio que não; era um relógio que eu havia trocado com outro garoto na escola.

Eu sempre ficava nervoso com minha mãe — sempre achava que ela sabia demais a meu respeito. Fiquei nervoso quando ela descobriu o relógio. Ela suspeitava, creio eu. Não tinha como *saber*, claro. Ninguém *sabia*. Mas ela costumava me olhar de um jeito estranho. Todos achavam que eu havia tentado resgatar Pete. Não creio que ela tenha chegado a pensar isto. Acho que sabia. Não queria saber, mas o problema dela era saber demais a meu respeito. Às vezes eu me sentia um pouco culpado, mas passava, logo passava.

Então, mais tarde, quando eu estava no quartel. Durante meu período de treinamento militar. Um camarada chamado Ed e eu fomos a uma casa de apostas. Eu não tinha um pingo de sorte, perdi tudo que possuía, mas Ed ganhara um maço. Ele trocou as fichas, e nós dois voltamos para o quartel, ele forrado de notas. Os bolsos inchados. Um bando de arruaceiros dobrou a esquina e nos atacou. Eram muito habilidosos com os canivetes. Levei um corte no braço, mas Ed levou uma facada de verdade. Caiu depois do golpe. Então ouvi um barulho de passos. Os arruaceiros bateram em retirada. Notei que, se fosse rápido... e *fui*! Meus reflexos são muito bons — enrolei um lenço na mão, arranquei a faca da ferida de Ed e a enfiei mais algumas vezes, em alvos melhores. Ele deu um suspiro e desmaiou. Claro que fiquei com medo, medo por um segundo ou dois, depois soube que ficaria bem. Então me senti, ora, naturalmente senti orgulho de mim por raciocinar e agir depressa! Pensei: "Pobre Ed, sempre foi imbecil." Não levei nem um segundo para transferir as notas ao meu bolso! Nada como ter reflexos rápidos, saber aproveitar a oportunidade. O problema é que as oportunidades não surgem com frequência. Há pessoas, imagino, que se assustam quando descobrem que mataram alguém. Mas eu não tive medo. Daquela vez, não.

Veja bem: não é algo que se queira fazer com frequência. A não ser que valha a pena. Não sei como Greta percebeu aquilo em mim, mas ela sabia. Não quero dizer que sabia que eu havia matado pessoas. Mas creio que sabia que a ideia de matar não me chocaria nem me incomodaria. Falei:

— Que história fantasiosa é esta, Greta?

Ela explicou:

— Tenho condições de ajudá-lo. Posso colocá-lo em contato com uma das moças mais ricas dos Estados Unidos. Digamos que sou responsável por ela. Moro com ela. Tenho muita influência.

— Você acha que ela teria olhos para alguém como eu? — Não acreditei nem por um instante. Por que uma riquinha que poderia escolher qualquer homem sensual e atraente ficaria comigo?

— Você tem grande apelo. As garotas caem aos seus pés, não?

Sorri e disse que eu não era de todo mal.

— Ela nunca teve esse tipo de coisa. Foi muito bem cuidada. Os únicos jovens que teve permissão de conhecer são moços convencionais, filhos de banqueiros, magnatas. Ela foi preparada para arranjar um bom casamento na classe alta. Eles têm terror de que ela conheça belos estrangeiros que possam estar atrás do dinheiro. Mas, naturalmente, ela se interessa mais por esse tipo de gente. Eles seriam novos para ela, algo que nunca viu. Você precisa jogar alto com ela. Precisa se apaixonar à primeira vista e deslumbrá-la! Será muito fácil. Ela nunca recebeu uma abordagem sensual. Você conseguiria.

— Poderia tentar — falei, duvidoso.

— Podemos armar essa — garantiu Greta.

— A família dela interviria e acabaria com tudo.

— Não, não, eles não saberiam de nada. Só quando já fosse tarde demais. Só depois que vocês se casassem, em segredo.

— Então esta é a sua ideia.

Conversamos a respeito. Planejamos. Não com detalhes, veja bem. Greta voltou aos Estados Unidos, mas manteve contato comigo. Eu segui com vários empregos. Contei a ela sobre o Passo do Cigano e como eu queria aquele lugar, e ela disse que era bem apropriado para armar uma história romântica. Traçamos os planos para que meu encontro com Ellie acontecesse lá. Greta a convenceria a comprar uma casa na Inglaterra e abandonar a família assim que atingisse a maioridade.

Ah, sim, armamos tudo. Greta era ótima de planejamento. Não creio que eu conseguiria fazer isso, mas sabia que podia cumprir meu papel. Eu sempre gostara de cumprir papéis. E foi assim que aconteceu. Foi assim que conheci Ellie.

Foi divertido, tudo foi divertido. Uma diversão louca, pois é óbvio que sempre houve risco, sempre houve o perigo de não dar certo. O que me deixava nervoso de verdade eram as vezes que precisava encontrar Greta. Veja bem: eu precisava ter certeza de que nunca me entregaria ao olhá-la. Tentava *não* olhar para ela. Concordamos que seria melhor eu demonstrar aversão, fingir ciúmes. Isto desempenhei bem. Lembro-me do dia em que ela chegou para ficar. Encenamos uma discussão, uma discussão que Ellie ouviria. Não sei se exageramos. Creio que não. Às vezes eu ficava nervoso que Ellie adivinhasse ou algo assim, mas creio que não tenha acontecido. Não sei. Realmente não sei. Nunca soube da parte de Ellie.

Era muito fácil fazer amor com Ellie. Ela era muito delicada. Sim, muito delicada. Mas às vezes eu tinha medo, porque ela fazia coisas sem me contar, e sabia de coisas que eu nunca sonhava que saberia. Mas ela me amava. Sim, me amava. Às vezes... acho que eu também a amava...

Não quero dizer que era igual a Greta. Greta era a mulher a quem eu pertencia. Ela era o sexo encarnado. Eu fui feito para ela e tinha que me ater. Ellie era algo à parte. Eu gostava de morar com ela, sabe? Sim, agora que me recordo, parece esquisito. Gostava muito de morar com ela.

Estou anotando tudo porque era nisto que pensava na noite em que voltei dos Estados Unidos. Quando cheguei de volta ao topo do mundo, tendo conseguido tudo pelo que tanto ansiava, apesar dos riscos, apesar dos perigos, apesar de ter cometido um homicídio, devo dizer, muito bem cometido!

Sim, uma ou duas vezes pensei que seria um pouco complexo, mas ninguém poderia provar, não do modo como agi. Agora os riscos haviam acabado, os perigos haviam acabado, e lá estava eu, a caminho do Passo do Cigano. Assim como naquele dia, depois de ver os cartazes nas paredes e subir para ver as ruínas da antiga casa. Subir e dar a volta na curva...

Então... *foi então que eu a vi.* Digo, foi então que vi Ellie. Assim que fiz a curva na estrada daquele local perigoso onde acontecem os acidentes. *Ela estava lá*, no mesmo lugar onde estivera, parada à sombra do abeto. Tal como antes, quando levara um pequeno susto ao me ver, e eu me assustara ao vê-la. Ali, onde nos vimos pela primeira vez e eu fui conversar, fazendo o papel do jovem que se apaixona à primeira vista. E encenei com picardia! Ah, vou lhe dizer: sou ótimo ator!

Mas eu não esperava vê-la ali... Quer dizer, eu *não tinha como* vê-la naquele momento, não é? Mas *estava* vendo-a... Ela estava olhando... olhando nos meus olhos. Mas havia... havia algo que me assustava... algo que me assustava muito. Foi, veja bem, como se ela *não* me visse... quer dizer, eu sabia que ela não poderia estar lá. Sabia que estava morta... *mas eu a vi.* Ela morrera e seu corpo fora enterrado em um cemitério dos Estados Unidos. Mas, mesmo assim, ela estava sob a sombra do abeto e olhava para mim. Não, *não* para mim. Ela olhava como se esperasse me enxergar, e sua expressão era de amor. O mesmo amor que eu vira um dia, no dia em que ela dedilhava o violão. Naquele dia em que ela me disse: "O que você estava pensando?" E eu falei: "Por que me pergunta?" E ela explicou: "Está me olhando como se me amasse." E eu respondi algo bobo, como "É claro que amo".

Fiquei estático. Parei no meio da estrada. Tremia. Chamei em voz alta.

— Ellie...

Ela não se mexeu, ficou lá, *olhando*... Um olhar que me perfurava. Foi isso que me assustou, pois eu sabia que, se por um instante pensasse, saberia por que ela não me via. E não queria saber. Não, não queria saber. Eu tinha plena certeza de que não queria. Ela olhava exatamente para o ponto em que eu estava... *sem me enxergar*. Então corri. Corri como um covarde, subindo o restante da estrada iluminada da minha casa, até me livrar daquele pânico bobo que me tomara. Foi meu triunfo. Eu havia chegado em casa. Eu era o caçador que voltara dos morros, de volta à minha casa, de volta às coisas que eu queria mais que tudo no mundo, à mulher maravilhosa a quem eu pertencia de corpo e alma.

E agora nós nos casaríamos e viveríamos na casa. Tínhamos aquilo no que apostamos! Vencemos — vencemos de lavada!

A porta não estava trancada. Entrei, batendo os pés, e passei pela porta aberta da biblioteca. Lá estava Greta, parada junto à janela, me aguardando. Ela estava triunfal. Era a coisa mais triunfal e mais adorável que eu já vira na vida. Era tal como Brunilda, uma valquíria de cabelos dourados e reluzentes. Greta tinha cheiro, aparência e gosto de sexo. Havíamos nos negligenciado por muito tempo, afora breves flertes no Frívolo.

Fui direto a seus braços, um marujo voltando do mar ao lugar que era seu. Sim, foi um dos momentos mais maravilhosos da minha vida.

De momento, colocamos os pés no chão. Quando sentei, ela me passou uma pequena pilha de cartas. Selecionei quase automaticamente a com um selo americano. Era a carta de Lippincott despachada via aérea. Fiquei pensando o que ele teria colocado dentro e por que precisara me enviar por carta.

— Bem — disse Greta, com um suspiro muito contente —, nós conseguimos.

— O Dia da Vitória — falei.

Nós dois rimos, rimos loucamente. Havia champanhe na mesa. Abri e brindamos um ao outro.

— Este lugar é maravilhoso — comentei, olhando ao redor. — Mais bonito do que eu lembro. Santonix... Ah, não lhe contei. Santonix morreu.

— Ah, que pena. Então ele *estava* doente?

— É claro que estava. Eu não queria acreditar, mas estava. Fui vê-lo logo antes de morrer.

Greta teve um leve tremor.

— Eu que não queria passar por isso. Ele disse alguma coisa?

— Não exatamente. Disse que eu era um tolo danado... que devia ter escolhido outro caminho.

— Como assim... outro caminho?

— Não sei. Imagino que estivesse delirando. Não sabia o que falava.

— Bom, esta casa será um belo monumento à memória dele — disse Greta. — Acho que ficaremos com ela, não é?

Eu a encarei.

— É claro. Você acha que eu poderia morar em outro lugar?

— Não podemos morar aqui o tempo todo — respondeu Greta. — Não o ano inteiro. Atolados em um buraco como este vilarejo?

— Mas é aqui que eu quero morar. É onde sempre quis morar.

— Sim, é claro, mas, Mike, temos todo o dinheiro do mundo. Podemos ir a qualquer lugar! Podemos percorrer toda a Europa! Vamos fazer um safári na África. Vamos nos aventurar. Vamos atrás de coisas. De quadros emocionantes. Vamos ao Angkor Vat. Você não quer uma vida de aventura?

— Bom, imagino que sim... Mas sempre voltaremos para cá, não é?

Tive uma sensação peculiar, uma sensação de que algo dera errado em algum ponto. Eu passara a vida pensando apenas naquelas duas coisas. Minha casa e Greta. Não queria nada mais. Mas ela, sim. Eu vi. Ela estava apenas começando. Começando a querer. Começando a saber que podia ter. Senti um mau presságio repentino e cruel. Comecei a tremer.

— O que houve, Mike? Você está tremendo. Pegou uma gripe ou algo assim?

— Não é isso.

— O que aconteceu, Mike?

— Eu vi Ellie.

— Como assim, você viu Ellie?

— Enquanto caminhava pela estrada, fiz a curva e lá estava ela, sob o abeto, olhando para... olhando para mim.

Greta me encarou.

— Não seja ridículo. Você... você está imaginando coisas.

— Talvez seja isso. Aqui é o Passo do Cigano, afinal. Ellie estava lá mesmo, e parecia... parecia muito feliz. Tal como ela era, como se... como se sempre tivesse estado lá e fosse ficar para sempre.

— Mike! — Greta agarrou meu ombro e me sacudiu. — Mike, não fale estas coisas. Você estava bebendo antes de vir para cá?

— Não, esperei até chegar. Sabia que você teria champanhe nos aguardando.

— Bom, vamos esquecer Ellie e beber por nós.

— *Era* Ellie — insisti, obstinado.

— Claro que não era! Foi só uma luz diferente... algo assim.

— Era Ellie, era ela parada lá. Estava olhando... me procurando, me encarando. Mas não conseguia me ver. Greta, *ela não conseguia me ver.* — Minha voz se elevou. — E eu sei por quê. Eu sei *por que* ela não conseguia me ver.

— Como assim?

Foi então que sussurrei pela primeira vez:

— Porque não era eu. Eu não estava lá. Não havia nada que ela pudesse ver além da Noite sem Fim. — Então berrei com a voz tomada pelo pânico: — Há quem nasce à Alegria e há quem nasce à Noite sem Fim. *Eu*, Greta, *eu.* Você se lembra, Greta, de como ela ficava sentada naquele sofá? Tocava aquela música no violão, cantava com a voz tão doce. Você deve se lembrar. *Toda Noite, todo Dia* — cantei baixinho —, *Há quem nasce à Agonia. Todo Dia, toda Noite, há quem nasce à Alegria.* É Ellie, Greta. Ela nasceu à Alegria. *Há quem nasce ao Festim, há quem nasce à Noite sem Fim.* Era isso que minha mãe sabia de mim. Sabia que eu havia nascido à Noite sem Fim. Eu ainda não chegara lá, mas ela sabia. Santonix também. Ele sabia que eu estava tomando aquele rumo. Mas talvez não acontecesse. Houve só um instante, apenas um instante, quando ela cantou aquela música. Eu poderia ter sido feliz, não poderia, casado com Ellie? Eu poderia ter continuado casado com Ellie.

— Não, não poderia. Nunca achei que você fosse do tipo que se apavora deste jeito, Mike. — Ela me sacudiu pelo ombro outra vez. — Acorde.

Fiquei encarando-a.

— Desculpe, Greta. O que estou dizendo?

— Imagino que o tenham importunado bastante nos Estados Unidos. Mas você se saiu bem, não foi? Todos os investimentos estão bem, não estão?

— Está tudo certo — afirmei. — Tudo certo para nosso futuro. Nosso futuro de glória, glorioso.

— Você está falando de um jeito muito peculiar. Quero saber o que Lippincott diz na carta.

Puxei a carta e abri. Não havia nada dentro, somente um recorte de jornal. Não era um recorte novo, era velho e bastante manuseado. Fiquei olhando. Era a foto de uma rua. Eu reconheci a rua, que tinha um prédio imponente ao fundo. Era uma rua de Hamburgo, e havia pessoas vindo na direção do fotógrafo. Duas pessoas no primeiro plano andavam de braços dados. Éramos Greta e eu. *Então Lippincott sabia.* Ele sabia desde o início que eu conhecia Greta. Alguém devia ter-lhe enviado este recorte em algum momento, provavelmente com intenção nefasta. Talvez satisfeito em reconhecer a senhorita Greta Andersen caminhando pelas ruas de Hamburgo. Ele sabia que eu conhecia Greta e lembrei que havia me perguntado especificamente se eu a conhecia ou não. Eu negara, é claro, mas ele sabia que eu estava mentindo. Assim deve ter começado sua desconfiança de mim.

De repente tive medo de Lippincott. Obviamente ele não poderia suspeitar de que eu havia matado Ellie. Suspeitava de algo, porém. Talvez até disso.

— Veja bem — falei a Greta —, ele sabia que nós nos conhecíamos. Ele sabe desde o começo. Sempre odiei aquela raposa velha, e ele sempre odiou você. Quando ele souber que vamos nos casar, vai ficar desconfiado.

Mas então percebi que Lippincott com certeza já havia suspeitado de que Greta e eu nos casaríamos, que nos conhecíamos, até que fôssemos amantes.

— Mike, pode parar com essa de coelhinho assustado? Sim, foi isso que eu disse. Um coelhinho assustado. Eu admirava você. Sempre admirei. Mas agora você está se despedaçando. Está com medo de todo mundo.

— Não fale isso de mim.

— Mas é verdade.

— *Noite sem fim!*

Não consegui pensar em mais nada a dizer. Ainda estava refletindo sobre o significado daquilo. Noite sem fim. O significado eram as trevas. O significado era que eu não estava lá e por isso não podia ser visto. Eu conseguia ver os mortos, mas os mortos não me viam, embora eu estivesse vivo. Eles não me viam porque eu não estava lá de fato. O homem que amava Ellie não estava lá. Ele havia adentrado a noite sem fim por vontade própria. Pousei a cabeça ao chão.

— *Noite sem fim* — repeti.

— Pare de falar isso! — berrou Greta. — Levante-se! Seja homem, Mike. Não se entregue a superstições absurdas.

— Como vou evitar? Vendi minha alma ao Passo do Cigano, não foi? O Passo do Cigano nunca foi seguro. Nunca foi seguro para ninguém. Não era para Ellie e nunca foi para mim. Talvez não seja seguro para você.

— O que quer dizer?

Levantei-me. Fui na direção dela. Eu a amava. Sim, eu ainda a amava com um último e tenso desejo sexual. Mas amor, ódio, desejo... não são todos iguais? Três em um e um em três. Eu não podia odiar Ellie, mas odiava Greta. Gostei de odiá-la. Eu a odiei de todo coração e com um desejo jubiloso; não podia esperar pelo modo seguro, não queria esperar, e me aproximei mais.

— Sua vaca imunda! — exclamei. — Sua vaca detestável, magnífica, sua vaca dos cabelos dourados. Você não está a salvo, Greta. Você não está a salvo de *mim*. Entendeu? Eu aprendi a gostar... a gostar de matar. Fiquei empolgado no dia em que soube que Ellie havia saído a cavalo para morrer. Gostei de toda a minha manhã por conta do assassinato, mas nunca cheguei perto o bastante de matar até agora. É diferente. Quero mais do que apenas saber que alguém vai morrer por conta de uma cápsula que engoliu na hora do café. Quero mais do que empurrar uma velha em uma pedreira. Quero *usar minhas mãos*.

De repente, Greta estava com medo. Ela, a quem eu pertencia desde o dia em que a conhecera em Hamburgo, aquele dia em que a conheci e fingi uma doença para me livrar do meu emprego e ficar lá com ela. Sim, na época eu pertencia a ela, de corpo e alma. Agora, não mais. Eu era eu mesmo. Eu estava adentrando um reino diferente daquele com o qual sonhara.

Ela ficou com medo. Adorei vê-la com medo enquanto apertava seu pescoço. Sim, mesmo agora que estou aqui sentado, escrevendo sobre mim... o que, veja bem, é uma coisa muito alegre de se fazer, escrever tudo sobre si, pelo que passou, o que sentiu e pensou e como enganou a todos. Sim, é algo maravilhoso de se fazer, sim, fiquei magnificamente feliz quando matei Greta...

Capítulo 24

Não há muito a se dizer depois daquilo. Quer dizer: ali as coisas chegaram ao clímax. Esquece-se, imagino, que não pode haver nada de melhor a seguir — que você teve tudo que podia. Fiquei lá sentado por muito tempo. Não sei quando *eles* chegaram. Nem sei se vieram todos ao mesmo tempo... Não tinham como estar lá desde o começo, pois não teriam me deixado matar Greta. Notei que Deus chegou primeiro. Não estou falando de Deus, é claro, estou confuso, falo do Major Phillpot. Sempre gostei dele, sempre foi gentil comigo. Creio que, em certos aspectos, era muito parecido com Deus. Digo, se Deus fosse um ser humano e não uma coisa sobrenatural, em algum lugar do céu. Era um homem muito justo, muito justo e gentil. Cuidava das coisas e das pessoas. Tentava fazer o melhor pelos outros.

Não sei o quanto ele sabia de mim. Lembrei do modo curioso como me olhou naquela manhã do leilão, quando disse que eu estava "à beira". Pergunto-me por que ele achou que eu estava à beira naquele dia.

Então, quando estávamos lá, com aquela massa caída no chão, Ellie em seus trajes de equitação... Pergunto-me se ali ele soube ou imaginou que eu tivera algo a ver com aquilo.

Após a morte de Greta, como disse, fiquei sentado na poltrona, fitando minha taça de champanhe. Estava vazia. Tudo ali estava vazio, muito vazio. Só havíamos acendido uma luz, Greta e eu, mas era fraca. Não iluminava bem, e o sol... acho que o sol já se pusera havia muito. Fiquei ali sentado e pensando o que aconteceria a seguir, com uma espécie de espanto, mas amortecido.

Então acho que as pessoas começaram a chegar. Talvez muitas tenham chegado ao mesmo tempo. Elas chegaram em silêncio, se chegaram; ou isso, ou eu não estava ouvindo nem percebendo ninguém.

Talvez, se Santonix estivesse lá, me dissesse o que fazer. Santonix estava morto. Ele tomara um caminho diferente do meu, por isso não seria de auxílio. Ninguém seria de auxílio algum.

Passado um tempo, vi o Dr. Shaw. Ele estava tão silencioso que de início mal notei sua presença. Estava sentado bem perto de mim, esperando alguma coisa. Depois de algum tempo cogitei que estivesse esperando que eu falasse. Eu lhe disse:

— Cheguei em casa.

Havia uma ou duas pessoas movimentando-se em algum ponto atrás dele. Pareciam estar esperando, esperando que ele fizesse algo.

— Greta morreu — falei. — Eu a matei. Espero que vocês levem o corpo, não?

Alguém em algum lugar disparou um flash. Devia ser um fotógrafo da polícia, registrando o corpo. Dr. Shaw virou a cabeça e ordenou com veemência:

— Ainda não.

Ele se voltou para mim mais uma vez. Eu me inclinei para ele e disse:

— Hoje vi Ellie.

— Viu? Onde?

— Lá fora, debaixo de um abeto. O lugar em que a vi pela primeira vez, sabia? — Pausei por um instante, depois prossegui: — Ela não me viu... Não conseguia me ver, porque eu não estava lá. — Fiz outra pausa. — Aquilo me deixou incomodado. Muito incomodado.

— Foi a cápsula, não foi? — perguntou o Dr. Shaw. — Cianureto na cápsula? Foi isso que você deu a Ellie naquela manhã?

— Foi para a alergia dela — respondi —, ela sempre tomava um comprimido de antialérgico quando saía para cavalgar. Greta e eu preparamos uma ou duas das cápsulas com veneno de vespa que tiramos do galpão. Preparamos no Frívolo. Inteligente, não foi? — E ri. Foi uma risada estranha, eu mesmo percebi. Como uma risadinha peculiar. — Você examinou tudo o que ela tomava, não é, quando veio ver o tornozelo dela? Capsulas de soníferos, antialérgicos, e elas estavam muito bem, não estavam? Nada de mau em nenhuma.

— Nada de mau — confirmou o Dr. Shaw. — Eram deveras inocentes.

— Foi muito inteligente, não foi?

— Você foi muito inteligente, sim, mas não o bastante.

— Não sei como descobriu.

— Descobrimos quando houve uma segunda morte, a morte que você não queria que acontecesse.

— Claudia Hardcastle?

— Sim. Ela morreu da mesma maneira que Ellie. Caiu do cavalo no campo de caça. Claudia também era uma mulher saudável, mas simplesmente caiu do cavalo e morreu. Naquele caso não demorou tanto tempo. Ela foi encontrada quase imediatamente, e ainda havia o cheiro do cianureto. Se tivesse ficado a céu aberto por algumas horas, como Ellie, não haveria nada... nada a se cheirar, nada a encontrar. Não sei como Claudia conseguiu a cápsula, porém. A não ser que você tenha deixado uma para trás no Frívolo. Claudia às vezes ia lá. As digitais dela estavam no local, e ela deixou um isqueiro cair.

— Acho que nos descuidamos. Encher as cápsulas não foi fácil.

Então completei:

— Vocês suspeitavam que eu tivesse alguma relação com a morte de Ellie, não foi? Todos vocês? — Fiquei olhando para as figuras sombrias. — Talvez todos vocês.

— É comum que se saiba. Mas não tinha certeza se conseguiríamos fazer algo a respeito.

— Vocês precisam me prender — falei, em tom de reprovação.

— Não sou policial — respondeu o Dr. Shaw.

— Então você é o quê?

— Sou médico.

— Não preciso de um médico.

— É o que veremos.

Então olhei para Phillpot e disse:

— O que *você* está fazendo? Veio aqui me julgar, presidir meu julgamento?

— Sou apenas um juiz de paz — explicou ele. — Vim como amigo.

— Meu? — Aquilo me assustou.

— De Ellie.

Eu não entendi. A mim nada daquilo fazia sentido, mas não consegui deixar de me sentir importante. Todos eles, ali! Policial e médico, Shaw e Phillpot, que era um homem ocupado. Era confuso. Comecei a perder a noção das coisas. Estava muito cansado. Eu costumava ficar cansado de uma hora para outra e me deitar...

E todas aquelas idas e vindas. As pessoas vinham me ver, todo tipo de pessoa. Advogados, creio que um procurador, e outro tipo de advogado junto, e médicos. Vários médicos. Eles me incomodavam, e eu não queria responder perguntas.

Um deles ficava me questionando se havia algo que eu queria. Eu disse que sim. Disse que havia só uma coisa que eu queria. Uma esferográfica e muito papel. Queria, veja bem, escrever tudo a respeito daquilo, como tudo veio a acontecer. Queria contar a eles o que eu sentia, o que eu pensava. Quanto mais pensava em mim, mais interessante achava que seria para todos. Porque eu *era* interessante. Eu era uma pessoa muito interessante e fizera coisas interessantes.

Os médicos — um médico, pelo menos — aparentemente achavam boa ideia. Falei:

— Vocês sempre deixam as pessoas fazerem depoimentos, então por que eu não posso escrever o meu? Algum dia, quem sabe, todo mundo vai poder ler.

Eles deixaram. Por fim, não consegui escrever muito. Eu me cansava. Alguém usou um termo como "atenuantes" e outro discordou. Todo tipo de coisa que se ouve. Às vezes acham que você nem está ouvindo. Então tive que ir ao tribunal e queria que buscassem meu melhor terno porque devia passar boa imagem. Parece que havia detetives de olho em mim. Fazia algum tempo. Os novos criados. Acho que foram contratados por Lippincott, ou ele os botou no meu rastro. Eles descobriram coisas demais sobre mim e Greta. Engraçado, depois que Greta morreu não pensei tanto nela... Depois de morta, não importava tanto.

Tentei recuperar a sensação esplêndida de triunfo que sentira ao estrangulá-la. Mas até aquilo desaparecera...

Trouxeram minha mãe para me ver, de repente, um dia. Lá estava ela, olhando da porta. Não parecia tão nervosa como era. Acho que agora só parecia triste. Ela não tinha muito a dizer, nem eu. Só declarava:

— Tentei, Mike. Tentei muito mantê-lo em segurança. Fracassei. Sempre tive medo de fracassar.

Respondi:

— Tudo bem, mãe, não foi culpa sua. Eu escolhi o caminho que tomei.

E de repente pensei: foi isto que Santonix disse. Ele também estava com medo de mim. Também não conseguira fazer nada. Ninguém podia ter feito coisa alguma — a não ser, quem sabe, eu mesmo... Não sei. Não tenho certeza. Mas vez por outra eu lembro... lembro do dia em que Ellie me disse: "O que você pensa quando me olha assim?" E eu falei: "Assim como?" Ela respondeu: "Como se me amasse." Creio que, de certo modo, eu a amava. Poderia tê-la amado. Ellie era tão doce. Minha alegria, meu festim...

Creio que meu problema era sempre querer coisas demais. E também as queria do jeito fácil, do jeito mesquinho.

Naquela primeira vez, no dia em que cheguei ao Passo do Cigano e encontrei Ellie. Enquanto andávamos pela estrada, nos deparamos com Esther. Aquilo me provocou. As advertências que ela deu a Ellie, aquilo me provocou a ideia de pagar à velha. Sabia que ela era o tipo de pessoa que faria tudo por dinheiro. Eu pagaria. Ela começaria a assustar Ellie, a faria se sentir em perigo. Achei que assim pareceria mais plausível que morresse de choque. Naquele primeiro dia, agora eu sei, tenho certeza, Esther ficou realmente assustada. Estava com muito medo por Ellie. Ela a alertou, alertou que deveria ir embora, não ter mais laços com o Passo do Cigano. Estava advertindo-a, é claro, para não ter mais laços *comigo*. Eu não entendi. Ellie também não.

Era de *mim* que Ellie tinha medo? Creio que possa ter sido, embora ela mesma não soubesse. Ela sabia que algo a ameaçava, ela sabia que havia perigo. Santonix também via o mal dentro de mim, assim como minha mãe. Talvez os três soubessem. Ellie sabia, mas não se importava, nunca se importou. É estranho, muito estranho. Agora eu sei. Fomos muito felizes juntos. Sim, muito felizes. Queria ter percebido na época como éramos felizes... tive minha chance. Talvez todos tenham tido chance. Eu... eu lhe dei as costas.

Parece estranho, não parece, que Greta não tivesse importância alguma?

Como também não tem minha linda casa.

Apenas Ellie... E Ellie nunca mais vai me encontrar... Noite sem fim... Este é o fim da minha história...

Em meu fim está o meu princípio — é o que sempre dizem. Mas o que *significa*?

E onde começa minha história? Preciso pensar...

Notas sobre
Noite sem fim

Este é o 58º romance policial de Agatha Christie. Foi publicado originalmente na Inglaterra em outubro de 1967, quando a autora tinha 77 anos. Ela o considerava um de seus melhores livros.

O vilarejo de Kingston Bishop e a cidadezinha de Market Chadwell não existem na Inglaterra real, embora identifique-se pelas descrições que ficariam no condado de Devon, região sudoeste da Inglaterra. Foi onde Christie cresceu e onde gostava de situar histórias. Exeter, capital do condado, fica a 280 quilômetros de Londres.

Market Chadwell é uma cidade-mercado, ou *market town*. O termo vem do período medieval e designa cidadezinhas que tinham autorização para realizar feiras, de modo que se tornavam polos da região.

A família e os advogados de Fenella Guteman estão sempre viajando de avião entre Estados Unidos e Inglaterra. Na época, isto era um privilégio dos ricos. A passagem de ida e volta entre Nova York e Londres custava em torno de 2.500 dólares, em valores atuais. O voo levava aproximadamente treze horas. Viajar de navio, como Michael Rogers faz no Capítulo 23, era mais comum para a população geral, embora a travessia do Atlântico levasse seis dias.

Noite sem fim se passa antes da adoção do sistema decimal na moeda britânica, que aconteceu pouco depois da publicação do livro, em 1971. Por isso, os personagens ainda falam em frações como *sixpence* (1/40 de libra esterlina), xelins (1/20 de libra) e meia coroa (1/8 de libra).

O furlong, mencionado na página 11, é uma medida de comprimento equivalente a 201,168 metros. O nome completo da medida é *surveyor furlong* e, embora tenha caído em desuso, ainda pode ser usada para designar medidas menores de uma milha em corridas de cavalo na Inglaterra, nos Estados Unidos e na Irlanda. Seu uso só foi abolido no Reino Unido em 1985.

Mesmo nos valores em libras citados na história, cabe entender que o poder aquisitivo de uma libra em 1967 era *dezoito vezes maior* do que em 2019. Assim, as quinze libras que Michael Rogers considera um preço absurdamente alto por um par de sapatos no Capítulo 2 equivaleriam nos dias atuais a 260 libras (ou 1.300 reais). As 5 mil libras dadas em lance no leilão do Passo do Cigano, no Capítulo 4, equivaleriam a 86 mil libras atuais (ou 436 mil reais). Os *sixpence* que Mrs. Esther Lee cobra para ler a mão, por sua vez, equivaleriam a cinquenta centavos libra (ou 5,50 reais).